RÄCHE SICH, WER KANN

Angelika Immerath

RÄCHE SICH, WER KANN

13 Kriminalgeschichten

Bibliografische Information der Deutschen Nationalbibliothek Die
Deutsche Nationalbibliothek verzeichnet diese Publikation in der Deutschen
Nationalbibliografie; detaillierte bibliografische Daten sind im Internet über
http://dnb.d-nb.de abrufbar.

© 2008 Angelika Immerath
Titelfoto: Klaus Schneider, Wegberg/Niederrhein
Satz, Umschlaggestaltung, Herstellung und Verlag:
Books on Demand GmbH, Norderstedt
ISBN 978-3-8370-3175-1

Inhalt

Alles fest im Griff!

Um gleich mit der Tür ins Haus zu fallen – diesmal bin ich, das muss ich zugeben, ratlos. Sonst hat doch alles immer geklappt, was ich mir vorgenommen habe!

Ich hoffe, Sie haben etwas Geduld. Denn die Geschichte, die ich Ihnen erzählen will, ist länger und ein bisschen verwickelt.

Es fing damit an, dass mein Sohn Ingo und seine Frau mir pausenlos vorjammerten, wie misslich ihre Situation sei: beengte Wohnverhältnisse, Ausstattung auf unterstem Niveau, Straßenlärm bei Tag und Nacht, rücksichtslose Nachbarn, trotzdem Mietsteigerungen am laufenden Band – und noch allerhand Unerfreuliches mehr. Dabei hatten sie sich diese Bleibe doch selbst ausgesucht! Weil sie nicht »auf dem Land versauern« wollten. Jetzt also das Ruder herumgerissen. Keine vernünftige Lebensplanung, auch mit 40 noch nicht!

Ich hatte es geahnt – sie klagten mit System. Eines Tages rückte mein Sohn mit einem Vorschlag heraus, der bestimmt auf Annikas Mist gewachsen war. In *dieser* Wohnung sei es kaum noch auszuhalten. Ob es denn nicht auch meiner Meinung nach viel vorteilhafter wäre, wenn sie zu mir zögen, in mein geräumiges, ruhig gelegenes Haus am Stadtrand?

Nachdem sie mir einige Augenblicke Zeit gelassen hatten, den ersten Schock zu überwinden, übernahm meine Schwiegertochter die Gesprächsführung. Sie malte unsere gemeinsame Zukunft in den lockendsten Farben, wobei sie die Vorteile unseres Arrangements für mich herausstrich: Ich brauchte nicht mehr so allein zu sein, hätte jemanden, der sich um mich kümmerte, und könnte mit Timo zusammensein, soviel ich wollte. Es sei mir – damit spielte sie ihren Trumpf aus – doch bestimmt auch ein Herzensbedürfnis, dass er in angenehmer Umgebung gesund heranwachse, nicht wahr?

Dieses Argument gab den Ausschlag. Sie nutzte meine Achillesferse schamlos aus. Timo, mein 11jähriger Enkel, ist der einzige Mensch, der mir etwas bedeutet.

Nun hätte ich eigentlich anführen können, dass ich nach dem Tod meiner Frau weder vereinsamt noch hilfsbedürftig war, sondern mich in Wahrheit befreit fühlte und mein Leben genoss, aber darüber sprach ich nie mit den beiden. Sonst hätten sie womöglich Überlegungen angestellt, deren Konsequenzen für mich alles andere als angenehm gewesen wären. Außerdem hätte ein Widerspruch auch nur aufschiebende Wirkung gehabt. Ich wollte meinen Frieden, kein wochenlanges Gezänk mit *zwei* Kontrahenten. Mein Sohn bläst grundsätzlich ins gleiche Horn wie Annika, vergöttert sie geradezu – sicher, sie ist sexy und intelligent, hat Musik studiert, aber ist das ein Grund, derart unterwürfig zu sein? Ingo, der städtische Angestellte, ist ein Pantoffelheld. Ich habe keinen Einfluss mehr auf ihn.

Da ich dem ersten Ansturm keinen ausdrücklichen Widerstand entgegengesetzt hatte, sahen sie sich zu weiteren Attacken ermutigt. Natürlich war eine Renovierung des Hauses vor ihrem Einzug erforderlich – aber musste es denn unbedingt eine Generalerneuerung sein? Damit könne ich wohl rechnen, befanden sie kühl. Jetzt hatten sie den Nagel auf den Kopf getroffen. Das Ganze ging natürlich auf meine Kosten. Sie hatten ja nichts gespart.

Ich ließ ihnen weitgehend freie Hand. Für Timo ist mir nichts zu teuer. Außerdem – vielleicht hätte ich doch irgendwann häusliche Pflege nötig. Dann wären sie zur Hilfe verpflichtet, moralisch gesehen. Falls sie überhaupt derartige Grundsätze haben. Im Alter in einer »Einrichtung« betreut zu werden – der reinste Horror für mich!

Ich war zunächst nicht einmal bereit, eine solche Lösung auch nur während der Bauarbeiten ins Auge zu fassen. Doch meine »Kinder« ließen nicht locker, mir die unzumutbaren Belästigungen durch die Handwerker vor Augen zu führen, und ich gab schließlich nach. Es sollte ja lediglich für ein, zwei Monate sein, und die »Seniorenresidenz Aurora« liegt nur ein paar Straßenecken entfernt.

Die äußeren Bedingungen sind dort unbestritten optimal. Mindestens Vier-Sterne-Standard. Und trotzdem habe ich mich nie so verlassen gefühlt wie in dieser Ansammlung älterer und alter Menschen. Die labyrinthischen Gänge, die tägliche Zwangsmahlzeit mit wechselnden Tischgenossen, die vielen mehr oder weniger sichtbaren Behinderungen der Insassen, das alles deprimierte mich. Hier auf Dauer leben? Indiskutabel! Ich wollte schon immer selbst bestimmen, wo es langgeht.

Nur einen Lichtblick gab es in diesem Altenheim höherer Ordnung: Die Bedienung im hauseigenen Café. Erheblich jünger als ich, nicht übel aussehend, freundlich und fleißig, wenn auch meiner Ansicht nach ziemlich naiv, was ja nicht unbedingt ein Fehler ist. Sie gefiel mir. Natürlich ließ ich mir nichts anmerken. Birgit bekam einen Hungerlohn, so um die 1000 Euro – zum Leben zu wenig, zum Sterben zu viel – deshalb gab ich jedesmal ein reichliches Trinkgeld. Als zufällig gerade einmal nicht viel Betrieb war, verriet sie mir treuherzig, dass sie in einem winzigen, aber teuren Appartement an der Hauptausfallstraße wohnte.

Die Schwätzchen mit ihr wurden im Laufe der nächsten Zeit zur festen Gewohnheit. Man kann sich doch, wenn man selbst kerngesund ist, nicht den ganzen lieben langen Tag nur mit Krankengeschichten berieseln lassen, nicht wahr?

Übrigens, mein Enkel Timo ist ein Prachtkerl. Er ähnelt mir auffallend. Sooft er kann, besucht er mich. Meistens heimlich. Das macht uns beiden Spaß.

Zu Beginn der Sommerferien, ich hatte ihm gerade zur Belohnung für sein Spitzenzeugnis bei Birgit eine Portion Pommes rot-weiß und eine Cola spendiert, beides daheim strikt verboten, weil »Gift für die Gesundheit«, sagte er auf einmal verlegen: »Opa, ich muss mit dir reden.«

»So? Dann mal raus mit der Sprache!«

»Nichts gegen dich, Opa, aber ich will nicht umziehen. Meine Freunde sind echt cool und die Lehrer auch. Außerdem hat unser Fußballtrainer gesagt, er würde mich bald als Torwart aufstellen. Und da ist noch die Anne aus der Parallelklasse …«

»Warum hast du mir das nicht schon früher erzählt? Ich fürchte, an den Tatsachen wird sich jetzt kaum noch etwas ändern lassen.«

»Wirklich nicht, Opa? Dir fällt doch sonst immer was ein.«

Sein Vertrauen in meine Fähigkeiten ging mir zu Herzen. Ich versprach, über seine Nöte nachzudenken.

Eine Woche darauf klingelte sehr spät das Telefon. Timo!

»Stell dir vor, Opa, was ich eben gehört habe«, flüsterte er aufgeregt, »aber rein zufällig!« Das glaubte ich ihm nicht so ganz. Er hat seine Ohren nämlich besonders da, wo er nichts zu suchen hat.

Und dann kam es heraus, was man sorgfältig vor mir verborgen hatte: Seine Mutter wollte regelmäßig Stunden geben, um der Familienkasse aufzuhelfen und gleichzeitig in Übung zu bleiben. Flötenunterricht! Ausgerechnet *Flöte*! Und das in *meiner* Villa, in der sie demnächst fast umsonst hätten wohnen dürfen.

Tags darauf suchte ich das reizende Paar in seiner Behausung auf. Ich setzte mich nicht einmal hin, sondern redete sofort Tacheles. Als ich die Wohnungstür zuschlug, hörte ich, wie sie sich gegenseitig beschuldigten, ihre Absichten in der Gegend herumgetratscht zu haben. Auf Timo verfielen sie zum Glück nicht. Clever, der Junge! Er hatte sein Problem selbst gelöst. Natürlich würde ich auch weiterhin meine schützende Hand über ihn halten.

Annika hatte den Bogen überspannt. Nun saß sie wie Ilsebill, die Frau des Fischers aus dem Märchen, wieder in der alten schäbigen Hütte. Mit Ingo. Er tat mir nicht einmal leid. Strafe muss sein, sogar wenn er den Hang zum Lügen und Betrügen, was ich für sehr wahrscheinlich halte, von seiner Mutter geerbt haben sollte.

Die hatte sich doch tatsächlich, nach 20 Jahren harmonischer Ehe, einen Liebhaber zugelegt! Und mir auch noch die Schuld dafür angelastet, als ich endlich dahinterkam! Welcher Ehemann lässt sich so etwas gefallen?

Ich habe, das dürfen Sie mir glauben, keine Gewalt angewendet. Es genügte vollkommen, sie ab und zu an ihr Vergehen zu erinnern. Irgendwann konnte sie die Last nicht mehr tragen. Sie schluckte eine Überdosis ihres Barbiturats. Weshalb hätte ich den trauernden Witwer geben sollen?

Endlich, endlich waren die Handwerker abgezogen, und ich konnte mein Haus wieder in Besitz nehmen. Ich kann nur sagen, es präsentierte sich in allerbestem Zustand.

Birgit war begeistert, als ich sie herumführte. Anschließend plauderten wir bei Kaffee und Kuchen. Diese Gelegenheit konnte ich nicht ungenutzt verstreichen lassen. Ich hatte mir vorher jedes Wort genau überlegt.

Nicht, dass Sie jetzt annehmen, ich hätte ihr nun meine weiteren Pläne erläutert. Das verkniff ich mir wohlweislich. Diesmal würde ich die Katze nicht im Sack kaufen! Sollte sie sich tatsächlich als geeignet erweisen, würde ich strategisch klug vorgehen. Außerdem – dieser Gedanke bereitete mir das größte Vergnügen – würden sich Timos Eltern schwarz ärgern.

Die Szene lief genau nach meinem Drehbuch ab. Zunächst wies ich auf unsere angenehme Beziehung hin. Birgit nickte. Anschließend erwähnte ich ihre finanzielle Lage und die teure, deprimierende Unterkunft, was sie zu der Aussage veranlasste, ich sei wirklich kein Egoist wie die meisten Menschen. Geradezu gerührt jedoch reagierte sie auf mein Angebot, sie in mein Haus aufzunehmen. Für eine symbolische Miete.

»Sie sind ein guter Mensch«, sagte sie und schmolz förmlich dahin vor Dankbarkeit. Trotzdem bat sie um einen richtigen Mietvertrag, der Ordnung halber. Na, wenn sie das Bedürfnis hatte, sich abzusichern – meinetwegen!

Birgit erwies sich in der Tat als angenehme Hausgenossin. Sie hatte folglich die Probezeit bestanden. Auf meine jährliche Reise nach Madeira nahm ich sie allerdings nicht mit. Man soll nichts überstürzen.

Am Abend nach meiner Rückkehr hörte ich, wie sie die Haustür aufschloss.

»Schön, dass du wieder da bist, Walter!« rief sie fröhlich und streckte mir beide Hände entgegen. »Darf ich dir Sven Peters vorstellen? Wir haben uns gerade verlobt!«

Was, bitte, habe ich diesmal nur falsch gemacht?

Der Einlieger

Ich, Rudolf Krupka, bin heute wortbrüchig geworden. Ein Verhalten, das zwar anstößig, aber nun auch unumgänglich ist.

Vor nahezu dreißig Jahren hatte ich beschlossen, kein Tagebuch mehr zu führen. Mir war diese Beschäftigung damals als pubertäre und aus der Einsamkeit geborene Angewohnheit erschienen, die ein Autor ablegen sollte, den man in den Feuilletons gerade einhellig als »Senkrechtstarter des Jahres« feierte und der sich daher über Mangel an Aufmerksamkeit, besonders weiblicher, nicht beklagen konnte.

Jetzt jedoch, alleingelassen auf dieser elenden Insel und bedrängt von existenziellen Nöten, greife ich von neuem nach diesem damals so leichtfertig verschmähten Beistand, mit dem ich den kommenden Stürmen vielleicht trotzen kann.

Ich werde mich meinem neuen Tagebuch, dem verlässlichsten aller Freunde, rückhaltlos anvertrauen. Es kann ja nichts ausplaudern von meinen trüben Gedanken, meinem würdelosen Selbstmitleid und meiner Verbitterung, bevor ich es ihm erlaube – nämlich erst nach meinem Tod. Dann kann es mir doch gleichgültig sein, was meine Kollegen, in der Mehrzahl Neider, und die Journalisten, die mein Werk, also mich, ausbeuten, mir dann nachsagen.

Heute war wieder ein verlorener Tag, literarisch gesehen. Das ist an sich nichts Beunruhigendes. Nahezu jeder Schriftsteller hat doch von Zeit zu Zeit seine Schreibblockade, die sich meist von allein löst oder auch mit Unterstützung eines Therapeuten.

Wenn die Medien, oft durch gezielte Indiskretion, Wind davon bekommen, ist selbst das kein Beinbruch, denn die meisten Autoren fürchten nichts so sehr, wie vergessen zu werden.

Bei mir liegt der Fall jedoch anders. Ich bin ein altmodischer Mensch und leide insgeheim, weil ich mich schäme zu versagen. Und das offenbar dauerhaft. Seit mehr als vier Monaten ist der Bildschirm meines Computers dunkel und leer wie mein Kopf. Beide altersschwach. Reif zum Verschrotten.

Soll sie den Roman doch selber schreiben, diese Janine Müller, meine Lektorin, die keine Ahnung hat von meinen Qualen und mich ständig bedrängt – natürlich unter Hinweis auf unseren Vertrag, dem zufolge ich alle zwei Jahre einen Roman zu liefern habe. Das nächste Exposé sei spätestens Anfang Januar fällig, andere Autoren müssten auch nicht immer getreten werden, ehe sie etwas herausrückten, nörgelte sie heute am Telefon. Ich streckte ihr feige die Zunge heraus.

Danach machte ich mich, statt weiter fruchtlos herumzubrüten, sofort auf den Weg zum »Blanken Hans«. Wie jeden Abend, seit Melanie, die letzte in der Reihe meiner Gefährtinnen, im Sommer aufs Festland gezogen ist. (Fünf Jahre mit mir auf dieser Insel seien mehr als genug, hatte sie gesagt. Ich kann es ihr nicht übelnehmen. Ich war wirklich zu alt für sie.) Ommo, der Wirt, zapft nicht nur ein gepflegtes Pils, sondern ignoriert mich als Person, was mir nur recht ist. Die übrigen Einheimischen, gestandene Männer, sehen mich manchmal von der Seite an, als wäre ich ein exotisches Insekt. Sie würde es nicht beeindrucken, wenn sie wüssten, dass ich der Träger des »Eiland-Preises« und der »Goldenen Muschel« bin, weil sie brotlose Künste nicht schätzen. Worüber sollten wir also reden?

Heute ist etwas geschehen, was für mich wichtig werden könnte. Aber davon weiter unten.

Ich war mit einem Brummschädel aufgewacht – Ommos »Jever« nebst einigen Kräuterschnäpsen – und hatte den Morgen über Hausmann gespielt. Während meines kargen Mittagsmahls, ich bin kein starker Esser mehr, dachte ich intensiv darüber nach, wie ich den drohenden Bruch mit dem Verlag abwenden könnte. Ich beschloss, demnächst einen Termin bei meinem Hausarzt zu vereinbaren – möglicherweise würde er mich für eine Weile krankschreiben, um bei Janine eine Fristverlängerung herauszuschinden; man soll ja nicht zu früh aufgeben. Anschließend kämpfte ich mich, um wenigstens etwas Nützliches zu leisten, im Arbeitszimmer durch einen Stapel unerledigter Vorgänge geschäftlicher Natur.

Zuunterst entdeckte ich verwundert mehrere eng beschriebene Ausdrucke, Varianten eines Romanentwurfs unter dem Titel »Der Schrei der Möwe«, einer dieser Dreiecksgeschichten mit Tiefgang, also das, was man anspruchsvoll nennt. Todlangweilig! Daran würde auch ein schlagkräftiger Titel nichts ändern. Kein Zweifel, als ich ein derartiges Gewäsch verfasst hatte, muss ich betrunken gewesen sein oder geistig umnachtet. Diese Einsicht war immerhin ein Fortschritt, aber nicht die Lösung des Problems. Ein neuer Plot musste her. Aber welcher? Stundenlange Zeitungslektüre brachte mich auch nicht weiter. Alle verlockenden Themen bereits von pfiffigeren Kollegen ausgeschlachtet. Ich hatte, diese Erkenntnis traf mich wie ein Keulenschlag, nicht mehr meine Hand am Puls der Zeit. Kurz: Ich war nicht nur alt, sondern ein Fossil!

In Ommos Kneipe dieselben bekannten Gesichter wie jeden Abend. Ich klemmte mich an die Theke und stellte sofort fest, dass ich mich geirrt hatte. Zwei Hocker weiter saß ein Fremder. Etwa 30, blond, sehr groß, von auffallender, geradezu mitleiderregender Magerkeit. Er erwiderte meinen Gruß flüchtig und widmete sich wieder seinem Mineralwasser. Müsli-Esser oder magenkrank? Erneuter Irrtum! Er nahm das Bier, das Ommo in meinem Auftrag vor ihm auf den Tresen geknallt hatte, ohne weiteres an, tat einen tiefen Zug und rückte dann näher.

Klassische Situation: Zwei Außenseiter begegnen sich in einer Kneipe. Können nicht mehr aufhören mit dem Reden über das, was ihnen widerfahren ist. Markus Mertens als der Jüngere war zuerst an der Reihe. Eine richtige Tragödie, was ich da zu hören bekam: Eltern beide umgekommen, Autounfall, nach dem Abitur Mitarbeiter eines regionalen Boulevardblattes, vor kurzem entlassen wegen labiler Gesundheit. Was also lag näher, als erst einmal, ärztlichem Rat folgend, auf der gesündesten aller Inseln seinem Asthma zu Leibe zu rücken, ehe ein neuer Job ins Auge gefasst werden konnte? Das Hauptproblem: Eine erschwingliche Unterkunft.

Dieser Begriff löste bei mir eine Flut von Assoziationen aus, die mit dem Gästezimmer unterm Dach meines Hauses begannen, danach den übervollen Wäschekorb im Schlafzimmer streiften, beim gemeinsamen Abendessen unter der Hängelampe innehielten und endlich in einen vernünftigen Vorschlag mündeten.

Als sich dann herausstellte, dass der Kandidat tatsächlich über alle Fähigkeiten verfügte, die eine zeitweilige Symbiose ermöglichen würden, bekräftigten wir unseren Pakt, der nach dem Prinzip des Tauschhandels funktionieren soll, per Handschlag. Danach trennten wir uns bald, vermutlich jeder in der Vorstellung, er hätte den besseren Teil erwählt.

3. November 2002

Ich bin sehr gespannt, ob er wirklich kommt, der junge Mann, wie versprochen nach dem Frühstück in der Pension, seine

Habseligkeiten in zwei Koffern. Tatsächlich, er ist ganz pünktlich. Das ist ein guter Anfang.

Markus ergriff meine Hand und drückte mir seine Dankbarkeit in geradezu euphorischen Wendungen aus, als er sein Gepäck die steile Treppe hinaufgeschleppt und das Zimmer besichtigt hatte. Danach erkundigte er sich, was er denn zum Mittagessen kochen solle. Ich schickte ihn zum Einkaufen. Von den niedrigen Pflichten des Alltags befreit, werde ich aufleben und meinen geistigen Elan zurückgewinnen. Ich habe mit diesem neuen Hausgenossen tatsächlich das große Los gezogen!

15. November 2002

Das Zusammenleben zwischen uns beiden so unterschiedlichen Individuen entwickelt sich durchaus harmonisch. Markus – ich nenne ihn inzwischen beim Vornamen – erfüllt seine Aufgaben zu meiner vollen Zufriedenheit. Er hustet nicht mehr ständig wie ein Hofhund, entwickelt einen gesunden Appetit und hat schon etwas zugenommen. Während der gemeinsamen Mahlzeiten unterhalten wir uns lebhaft. Dieser junge Mann, der mein Sohn sein könnte, hört mir zu, ja fragt mich sogar manchmal um Rat, schätzt also die Erfahrung des Alters. Das ist heutzutage ungewöhnlich und nimmt mich entschieden für ihn ein.

Seine Anwesenheit hat noch einen weiteren positiven Effekt. Vor ein paar Tagen habe ich wahrhaftig meinen Computer angeworfen! Ein bisschen steif waren meine Finger ja, wegen der mangelnden Übung, aber als der Gong zum Essen rief, hatte ich tatsächlich meine bisherigen, zuerst mit der Hand niedergeschriebenen Tagebuch-Notizen in druckreifer Form gespeichert. Das ist doch wohl ein untrügliches Anzeichen meiner Genesung, oder? Ein wunderbarer Zufall hat Markus ausgerechnet an Ommos Theke geführt. Wenn ich nur wüsste, womit ich ihm eine besondere Freude machen könnte!

18. November 2002

Darüber brauche ich mir seit heute früh nicht mehr den Kopf zu zerbrechen. Markus blieb nach dem Frühstück länger sitzen als gewöhnlich. Offenbar hatte er etwas auf dem Herzen. Nach einigem Herumdrucksen kam es heraus: Er kriegte unter dem schrägen Dach oben nachts regelrechte Beklemmungen – sein Asthma … Ich hatte schon verstanden: Er wollte gerne eines der großen Zimmer im 1. Stock. Warum auch nicht? Sie standen ja leer. Vielleicht war nicht nur seine Krankheit der Vater des Gedankens, sondern sein Bedürfnis nach Nähe? *Meiner* Nähe? Ich war gerührt, bemühte mich aber, dies zu verbergen.

Als ich gegen 11 die Treppe hinaufstieg, stellte ich fest, dass der Umzug schon über die Bühne gegangen war. Die Tür des Badezimmers stand offen, und Markus räumte gerade seine Pflegeutensilien auf die Ablage unter dem Spiegel. Was fiel ihm denn ein! Oben gab es doch auch eine Dusche!! Soviel Nähe hatte ich nun nicht gewollt. Aber ich war ja selbst daran schuld. Warum hatte ich meine Wünsche nicht klar genug ausgedrückt? Also schwieg ich lieber. Nur keine Konflikte heraufbeschwören. Wir würden uns schon irgendwie arrangieren.

21. November 2002

Das Arrangement hat sich als schwierig herausgestellt. Ich bin ein Langschläfer und Morgenmuffel, während Markus um 7 aus dem Bett springt und gleich ins Bad eilt. Dort lässt er das Wasser rauschen, klappert herum und pfeift sich eins. Ich liege nebenan und versuche vergeblich weiterzuschlafen. Beim Frühstück bin ich folglich missgelaunt, und die Atmosphäre ist gespannt. Kreative Arbeit am Computer – daran ist nicht zu denken. Wahrscheinlich war dieser Umzug ein Fehler. Aber irgendwann werde ich ja wieder Herr im Haus sein, das ist ein immerhin ein Trost.

Vorhin hat diese Lektorin doch schon wieder angerufen. Sie erinnerte mich an den Januar-Termin, mit süffisantem Unterton. Ich sagte nur genervt »Ja, ja« und legte auf. Dann bat ich um einen Termin bei Dr. Nottebohm; es sei dringend.

Markus ist wirklich mein »Mädchen für alles«. Nicht nur für tätige Hilfe im Haushalt. Was bedeutet dagegen schon sein Lärmen im Bad?

Er betrachtete beim Mittagessen mein sorgenvolles Gesicht, und fragte, was denn los sei mit mir. Und weil mich das seit langem niemand gefragt hatte, gab ich vieles rückhaltlos preis. Vor allem meinen Kummer wegen der Schreibblockade. Markus hörte mir aufmerksam zu, unterbrach mich selten. Ein Freund, dem ich vertrauen konnte, daran hatte ich nicht den geringsten Zweifel. Ich bot ihm das Du an und drückte ihm dann die missglückten Exposés in die Hand.

Er versprach, sie sorgfältig zu lesen, er sei ja irgendwie auch von der »schreibenden Zunft«. Seine Meinung: Daraus ließe sich doch durchaus etwas basteln. Ich widersprach heftig. Sie seien reif für den Papierkorb. Ach, ja? Warum ich sie denn dann nicht schon längst weggeworfen hätte? Ich zuckte mit den Schultern. Also, wenn ich einverstanden sei, würde er es mal versuchen, ich solle ihn nur machen lassen. Allerdings brauche so etwas Zeit – ob ich in den nächsten zwei Tagen die Hausarbeit übernehmen könne, ausnahmsweise? Nur zwei Tage! Und er müsse meinen Computer benutzen; seine Handschrift sei wirklich miserabel. Notgedrungen stimmte ich zu. Würde schon nicht so schlimm werden in dieser kurzen Zeit.

23. November 2002

Um ehrlich zu sein – es ärgert mich doch, einen anderen an meinem Schreibtisch sitzen zu sehen. Aber hätte ich ablehnen können?

Heute nach dem Tee, den ich zubereitet hatte, legte mir Markus das neue Exposé unter dem Titel »Flammender Herbst« vor. Er hatte sich in den Grundzügen an meinen Entwurf gehalten, aber die Geschichte um einen perfekten Mord erweitert und mit einigem Sex aufgeputzt, die Blässe der Gedanken jedoch weitgehend ausgemerzt. Zwar nicht ganz mein Stil, aber doch gar nicht so übel, fand ich, und mein Einlieger nahm diese Beurteilung hin, als hätte ich ihn überschwänglich gelobt. Allerdings, so fügte ich hinzu, sei ich nicht gesonnen, seinen Entwurf als meinen eigenen auszugeben. Ich sähe noch genügend Möglichkeiten, selbst erfolgreich tätig zu werden.

29. November 2002

Die unverschämte Müller hat mir doch tatsächlich heute früh eine dringende Aufforderung gefaxt, den bewussten Termin nicht zu vergessen. Sie setzt mich gewaltig unter Druck. Und unter Druck kann ich nicht kreativ sein. Vielleicht sollte ich doch auf das Angebot meines Helfers zurückkommen?

Es gab allerdings noch einen letzten Stohhalm für mich: den Termin bei Dr. Nottebohm. Der, ein ehemaliger Militärarzt und der einzige Mediziner auf der Insel, ließ sich mein Anliegen vortragen, untersuchte mich kurz, aber gründlich, und lehnte es danach mit der Begründung, ich sei keineswegs krank, sondern nur faul, kategorisch ab. Schon stand ich wieder draußen, ratlos und verzweifelt. Ich war am Ende mit meinem Latein.

Ich bin überrascht. Der Lungenfacharzt hat meinem Asthmatiker dringend geraten, den Aufenthalt auf der Insel zu verlängern, vorerst um ein halbes Jahr. Dabei hatte ich angenommen, er sei schon weitgehend stabilisiert. Na, eigentlich ist unser Pakt doch günstig für beide Teile, zumal ich auch jetzt mein Arbeitszimmer wieder für mich habe. Das ändert jedoch nichts an meiner Einfallslosigkeit. Gerade habe ich Markus mitgeteilt, dass ich, falls kein Wunder geschähe, auf seinen Romanentwurf, der ja immerhin auf meinem basiere, zurückgreifen müsse. Er war hoch zufrieden, als ich ihm ein Honorar von 500 Euro anbot. Für zwei Tage Arbeit eine Menge Geld, finde ich.

Morgen werde ich dieser Lektorin den Mund stopfen, vorzeitig. Noch länger zu warten, würde nur die Zweifel an meiner Entscheidung wachsen lassen.

Ihre Reaktion kam nahezu postwendend. »Wundervoll!« flötete sie, »ein ganz neuer Ton! Und die Handlung enorm spannend! Das wird ein Bestseller! Herr Meister schlägt einen Vorschuß von 10 000 Euro vor. Sind Sie einverstanden?« Dass damit mein Problem nicht aus der Welt geschafft, sondern nur aufgeschoben war, band ich ihr natürlich nicht auf die Nase.

Ich überlege angestrengt, was ich Markus zu Weihnachten schenken soll. Ein Laptop bietet sich eigentlich an, so würde er wenigstens mein Arbeitszimmer verschonen, wenn er meinen Roman schreibt. Denn auch dazu habe ich mich entschlossen. Ich bin müde, und es ist Zeit für einen Generationswechsel. Markus ist durchaus nicht unbegabt, und ich werde ihm alles beibringen, was ich in meiner langen Karriere über das Schreiben gelernt habe. Ein solches Angebot *kann* er nicht ablehnen!

Als ich ihm meine Entscheidung mitteilte, war er zunächst sprachlos. Dann breitete sich ein zufriedenes Lächeln über sein Gesicht aus. »In Ordnung!«, sagte er, »ich habe eigentlich schon damit gerechnet. Über die Bedingungen werden wir uns sicher einigen, oder?« Ich war froh, dass er die jetzt nicht sofort erörtern wollte, soweit hatte ich noch nicht im Voraus geplant.

21. Dezember 2002

Beim Tee eröffnete ich Mark *meine* Bedingungen, über die ich sehr lange nachgegrübelt habe und die mir noch immer ideal erscheinen. Er starrte mich ungläubig an, als ich ihm eine ordnungsgemäße Adoption vorschlug und alle Gründe anführte, die für eine solche Vereinbarung sprächen: Er hätte keine Eltern und ich weder Frau noch Kinder. Außerdem verstünden wir uns doch ausgezeichnet und ergänzten einander aufs beste. Das schäbige Feilschen um Prozente entfiele, denn wir hätten beide Zugang zu allen Konten, und er könnte auch noch nach meinem Tod Romane unter meinem Namen veröffentlichen, vorgeblich aus meinem literarischen Nachlass. So sei sein Leben auf viele Jahre, bei kluger Anlagestrategie sogar bis zum Ende, gesichert. Ich habe selten einen derart glücklichen Menschen gesehen. Und ich bin ebenfalls glücklich. Das gebe ich offen zu.

22. Dezember

Mein Anwalt versicherte mir, dass es unter obwaltenden Umständen keine Schwierigkeiten mit einer Adoption gäbe. Er würde mir die gesetzlichen Vorschriften gleich zufaxen.

Natürlich informierte ich meinen zukünftigen Sohn und Erben nach dem Mittagessen über alle Einzelheiten. Seine Aufregung war begreiflich.

Doch weshalb hatte er es auf einmal so furchtbar eilig, in sein Zimmer zu kommen? Warum wusch er heute nicht erst ab, wie es seine Pflicht war? Das musste triftige Gründe haben. Eine merkwürdige Unruhe erfasste mich, ja heftiges Misstrauen. Ich schlich hinter ihm her, achtete darauf, dass die Treppenstufen nicht knarrten. Er telefonierte. Durch die geschlossene Tür hörte ich deutlich, wie er mit vor Erregung viel zu lauter Stimme sagte:

»… läuft besser als erwartet! Er hat keine Chance. Ich habe an alles gedacht.« Und dann lachend: »Todsichere Sache!«.

Ich hatte genug gehört.

Während Mark das Abendessen richtete, durchsuchte ich sein Zimmer. Das zweite Schnurlose, das ich ihm überlassen habe, lag noch auf dem Nachttisch. Ich drückte die Wiederholungstaste.

»Hallo«, sagte eine weibliche Stimme, »hier ist der Anrufbeantworter von Melanie Neumann. Bitte sprechen Sie nach dem Pfeifton.« –

In dieser Nacht entwickelte ich eine ausgefeilte Strategie für mein weiteres Vorgehen. Zum ersten Mal im Leben.

28. Dezember 2002

Weihnachten ist vorüber, ein friedliches Fest. Morgen haben wir einen Termin beim Anwalt. Darauf hatte ich gedrungen, denn der spielt eine wesentliche Rolle in meinem Plan. Ich halte ihn für perfekt.

Ich wundere mich, wie ruhig ich bin und wie souverän. Meine Enttäuschung, meine Wut verleihen mir erstaunliche Fähigkeiten. Seit einer Woche gebe ich eine Profi-Vorstellung. Auch dieser Markus Mertens ist ein hervorragender Schauspieler. Wir sind einander ebenbürtig. Allerdings: Er ahnt nichts von dem Netz, das sich um ihn zusammenzieht. Ich bin also in der Vorhand.

Wenn ich gleich ins Wohnzimmer hinübergehe, werde ich meinen großen Schlussmonolog halten. Mein Widerpart wird aller Voraussicht nach wenig Gelegenheit haben zu antworten.

Markus hatte es sich im Sessel gemütlich gemacht und sah mich gespannt an, als erwarte er weitere angenehme Überraschungen.

Ich beschrieb ohne Vorwarnung ganz sachlich und in wenigen, knappen Sätzen, auf welche Weise ich das Komplott gegen mich aufgedeckt hatte. Verzichtete auf Vorwürfe oder erhöhte Lautstärke. Es war ein anderer, der da aus mir redete. Über irgendein Ereignis, das sich vor langer Zeit an einem fremden Ort abgespielt hatte.

Mein Feind riss die Augen auf. Sein Mund öffnete sich, bildete ein ovales schwarzes Loch. Er begann nach Luft zu schnappen, wand sich aus dem Sessel, röchelte. Machte mit Daumen und Zeigefinger der Rechten eine pumpende Bewegung. Ich nickte und verließ den Raum. Auf dem Weg in den 1. Stock griff ich in seine Manteltasche und fand sofort, was ich suchte. –

Zehn Minuten später wählte ich die 112. Der Notarzt konnte nichts mehr für Markus tun. Dr. Nottebohm bestätigte ohne Umschweife, dass es sich um einen natürlichen Todesfall handelte. Von meiner verzweifelten Suche nach dem Dosieraerosol meines asthmakranken Mitbewohners wollte er gar nichts hören.

Niemand schöpfte auch nur den geringsten Verdacht gegen mich. Selbst wenn es eine Untersuchung gegeben hätte – meine Absicht, den jungen Mann zu adoptieren, wäre ein sicheres Indiz für meine Unschuld gewesen.

Er oder ich, fressen oder gefressen werden, darum war es gegangen. Darum geht es eigentlich immer.

Ich weiß, ich bin ein Mörder. Dafür muss ich büßen. Mit Einsamkeit.

Dies hier wird die letzte Eintragung in meinem Tagebuch sein.

Morgen werde ich mit der Niederschrift des neuen Romans beginnen. Er wird Markus Mertens gewidmet sein, dem jungen Mann, der beinahe mein Sohn geworden wäre.

Planung ist das halbe Leben

Er ist weg. Na endlich! Bis übermorgen. Fährt mit seinem Kumpel nach Neuenahr, wo er mein Geld zum Fenster rausschmeißt. In der Spielbank.

Eine solche Gelegenheit kommt bestimmt nie wieder. Sie ist absolut erstklassig. Natürlich hat es früher auch andere günstige Möglichkeiten gegeben. Aber immer ging etwas schief. Wie vor fünf Jahren, als Herbert sich an einem Stück Rindfleisch verschluckte. Damals hatte ich noch zuviel Angst, einfach zu warten, bis er … Oder auch bloß Pech wie beim Urlaub in den Alpen. Zufällig tauchte ein Wanderer auf, der meinen leichtsinnigen Herbert im letzten Augenblick über die Felskante hievte. Ich weinte – vor Enttäuschung.

Vielleicht lag es daran, dass ich nichts vorher planen konnte? Diesmal habe ich jeden Schritt tagelang genau überlegt. »Kein Grund zur Panik!« rede ich mir gut zu, doch jetzt, wo es losgehen soll, kriege ich nichts mehr auf die Reihe.

Vielleicht erst mal eine Tasse Kaffee, mit viel Milch und Zucker? Das bringt bekanntlich den Kreislauf in Schwung und das Hirn auf Trab.

Wenn Herbert wüsste, was ihm blüht …

Herbert, der »liebevolle Witwer«! So stand es in der Anzeige. Das war richtig, *bevor* ich dämliche Gans ihn geheiratet habe. Danach hat er die Sau rausgelassen. Keine rohe körperliche Gewalt natürlich, die ich hätte nachweisen können. Alles mehr so … seelisch grausam. Meine Tochter sagt, ich soll mich von dem rohen Kerl doch schleunigst scheiden lassen. Kommt nicht infrage. Ist viel zu teuer, und ich hätte ihn mindestens noch ein

Jahr am Hals, weil er mit Sicherheit nicht freiwillig auszieht aus meinem Haus. Zum Schluss bekäme er dann womöglich sogar von allem die Hälfte – man weiß ja nie …

Nein, ich will jetzt nicht daran denken, was er sich alles geleistet hat, sondern an meinen perfekten Plan. Der ist mir nämlich gerade wieder eingefallen. In allen Einzelheiten.

Ist eigentlich so ähnlich wie beim Kochen: Zuerst holt man die Zutaten. Ich brauche nur zwei. Ein Paket Traubenzucker und das neue Medikament für Herberts Herz.

Keine Spur von der braunen Glasflasche auf dem Esstisch im Wohnzimmer, nur neben dem »Stadtanzeiger« seine Brille. Ohne die ist er praktisch blind. Geschieht ihm recht, wenn er nun ein Problem hat! Aber das ist ein Klacks gegen das, was er bekommt, wenn ich fertig bin mit seinem … na ja, ich will es mal sein »Leibgericht!« nennen.

Wo ist nur dieses verdammte Ding? Es *muss* hier irgendwo sein, weil ich doch Herbert beim Frühstück als treusorgende Ehefrau geraten habe, die erforderlichen Kapseln für die Reise in seine Pillendose abzufüllen. Wer nimmt schon rund 200 mit, wenn er nur drei am Tag braucht? Das hat ihm eingeleuchtet, und deswegen hat er mir ausnahmsweise auch nicht den Mund verboten und mal genau das gemacht, was ich wollte.

Hinter den Kissen nichts, auch nicht im Aschenbecher oder auf den Sesseln. Diese Sucherei nervt mich gewaltig. Dass Herbert ein Hans Schlamper ist, habe ich dummerweise nicht eingeplant.
    Aber so leicht gebe ich nicht auf. Ich knipse sämtliche Lampen an und lasse mich auf meine Knie nieder, obwohl das

scheußlich wehtut. Da – halb unter dem Sofa leuchtet etwas Weißes – das Apotheken-Etikett! Um ein Haar hätte ich draufgetreten … und aus mein Traum von der Freiheit!

Nur vorsichtig die Flasche greifen und sie in die Küche tragen, obwohl die Hände zittern. Warum die Aufregung? Alles in bester Ordnung!

Die Kapseln prasseln in die Salatschüssel wie Hagelkörner. Schon die erste lässt sich mühelos auseinanderziehen. Kein Wunder, das ist, siehe Beipackzettel, so vorgesehen, falls jemand sie nicht schlucken, sondern das Medikament in Wasser auflösen will. Wie praktisch!

Ich schütte das weiße Pulver in die Spüle. Ein Kinderspiel, die Plastikhülle mit Traubenzucker zu füllen und die beiden Hälften übereinanderzuschieben. Nun noch mit einem Kleenex abreiben, zur Sicherheit, und hinein in die Flasche.

Traubenzucker ist der ideale Ersatz, falls eine Untersuchung stattfindet. Nicht nachzuweisen. Aber wieso überhaupt Untersuchung? Unser Hausarzt hat viel zu tun und wird im Falle des Falles gar nicht überrascht sein – schließlich kennt er Herberts Krankengeschichte seit Jahren.

Bei diesen Gedanken werde ich ganz fröhlich. Meine Finger arbeiten wie von selbst. Wahrscheinlich, weil ich immer mehr Übung kriege. Schon ist die Flasche halbvoll. Höchstens noch ein Viertelstündchen, dann bin ich fertig.

Wenn ich fröhlich bin, singe ich. Mein Lieblingslied: »Warte, warte nur ein Weilchen …« Nicht ganz richtig, aber wenigstens laut. Es hört ja keiner. Ist die Stelle mit dem Glück, das zu mir kommt, nicht ein gutes Vorzeichen?

Ich will glücklich sein.

Ich will die Stimme nicht hören, die hinter mir sagt: »So ein Mist! Jetzt habe ich meine Brille schon wieder ...«

Schau mich an!

Natürlich kann ich Ihnen erzählen, wie alles gekommen ist. Überhaupt kein Problem für mich. Es geht mir doch gut. So gut wie seit ewigen Zeiten nicht mehr.

Also – sie saß vor knapp vier Wochen auf einmal in meinem Bus. Das konnte einfach kein Zufall sein! Ich erkannte sie sofort wieder: Sie war das Mädchen, in das ich mich schon mit 16 verliebt hatte. Damals, als wir noch in die gleiche Klasse gingen.

Mein Gott, was hatte ich mir alles einfallen lassen, um sie auf mich aufmerksam zu machen! Zuerst natürlich mit den Methoden, die Sie bestimmt auch kennen: Zettelchen auf der Bank, wie toll ich sie fände. Oder eine CD mit dem neuesten Hit, 'ne Kinokarte oder eine Schachtel Mon Chérie, die mochte sie besonders, und in der Mathearbeit ließ ich sie abschreiben, was mir beinah eine Sechs eingebracht hätte. Sie nahm alles an, aber als Reaktion kam nur ein flaues Danke. Dabei sah sie mich nicht einmal an. Als wäre ich das Ansehen nicht wert.

Danach habe ich es andersherum versucht, mit der coolen Angeber-Masche. Habe mir blonde Strähnchen zugelegt, Diesel-Jeans aus dem Secondhand-Shop getragen, den Lehrern rotzfreche Antworten gegeben, trotz Verbot ganz offen auf dem Schulhof geraucht und keine Hausaufgaben mehr gemacht, mit der Folge, dass ich leistungsmäßig vollkommen abgesackt bin. Und vor allem habe ich Nicole total links liegengelassen. Hat aber auch nichts gebracht. Sie hat nicht einmal gemerkt, dass sich da was geändert hatte bei mir.

Vielleicht war sie eine von denen, die auf ein bisschen Gewalt stehen? So was soll's ja geben. Die Gelegenheit, das auszuprobieren, kam bald. Man hatte uns beide außer der Reihe zum Ordnungsdienst eingeteilt. Nach dem Unterricht! Wir haben also gemeinsam die Tafel geputzt. Abstand etwa 10 Zentimeter. Es sah aus, als wäre ihr das vollkommen egal. Mir nicht. Mit der Rechten habe ich ihren Pferdeschwanz gepackt, sie zu mir herübergezogen.

›Lass den Quatsch!‹ hat sie kalt gesagt. Das hat mich selbstverständlich angetörnt. War bestimmt nur Theater. Gehört eben bei manchen Mädchen zum Spiel. Hatte man mir jedenfalls so erzählt. Als ich versucht habe, sie zu küssen, hat sie den Kopf weggedreht und losgekreischt. Hat einfach nicht mehr aufgehört damit. Ohne groß nachzudenken, habe ich ihr den Mund zugehalten. Aber leider nicht schnell genug. Plötzlich stand der Hausmeister in der offenen Tür.

Na, Sie können sich sicher denken, welche Folgen das hatte. Man warf mich ohne große Umstände raus aus der Schule. Ich war ja sowieso schon längst reif dafür. Keiner verteidigte mich, auch meine Eltern nicht. Ich hatte alle maßlos enttäuscht. Also aus der Traum vom Abitur. Noch mal irgendwo ganz neu anfangen? Vielen Dank. Anstreicher ist auch kein schlechter Beruf.

Im Bus habe ich sie vorsichtig aus der Deckung beobachtet. Jeden Tag. Sie war wirklich umwerfend hübsch. Sehr zart. Wie soll ich sagen – so, als könnte sie jeden Augenblick zerbrechen, verstehen Sie? Weil gerade niemand neben ihr saß, habe ich irgendwann meinen ganzen Mut zusammengenommen und sie angesprochen. Habe ihr gesagt, wer ich bin.

Sie kniff die Augen zusammen und zischte: ›Verzieh dich, aber subito!‹ Wenn ich sie nicht in Ruhe ließe, würde sie den

Fahrer zu Hilfe holen. Dann drehte sie mir den Rücken zu, holte einen Wälzer aus ihrem Rucksack, der »Allgemeine Psychologie« hieß, und fing an zu lesen.

Am nächsten Abend, es war schon dämmrig, bin ich an derselben Haltestelle ausgestiegen wie sie und hinter ihr hergegangen. Nicole nahm die Abkürzung durch den Park. War ein piekfeines Viertel, wo sie jetzt wohnte. Sie verschwand in einer Villa mit Säulen an der Tür. Ich bin hinten über den Zaun geklettert, habe eine Weile in der Kälte gestanden und von draußen zugesehen, wie sie ihre Eltern umarmte und küsste und danach mit ihnen zu Abend aß. Sie war bester Laune, lachte und redete mit Händen und Füßen. Ich wartete, bis die automatischen Rollläden heruntergingen. Dann ging ich auch.

Von nun an stand ich jeden Abend da. Hinter dem Fenster rollte immer der gleiche Film ab. Nur war der jeden Tag ein bisschen kürzer, weil es immer früher dunkel wurde.

Am letzten Dienstag lief aber manches anders als gewöhnlich. Ich hatte mich erkältet. Mitten im Park, genau unter einer Laterne, musste ich husten. Es ließ sich nicht unterdrücken.

Nicole blieb sofort stocksteif stehen, drehte sich um.

Keiner kann es mir doch übelnehmen, dass ich vorgestern diesen Leserbrief an unsere Zeitung geschickt habe, oder? Ich war nämlich furchtbar wütend auf die. Wegen ihrem enorm schlampigen Bericht im Lokalteil. Sie haben zwar geschrieben, das vermisste Mädchen hätte einen schwarzen Mantel mit Kapuze getragen. Das stimmt. Aber den Rest haben sie ganz weggelassen. Den weichen roten Wollschal zum Beispiel, der so gut zu ihren blonden Haaren passte.

Und was ich ihnen wirklich nicht verzeihen kann: Sie haben kein einziges Wort verloren über ihre Augen, diese wunderbar großen, weit offenen blauen Augen.«

Es ist angerichtet!

Heute wird sich zeigen, ob mein Plan aufgeht. Ich setze alles auf eine Karte. Das ist zwar unklug, genauso unklug wie meine Entscheidung, nicht rechtzeitig davonzulaufen. Aber ich liebe nun mal keine halben Sachen, stehe Probleme bis zum Ende durch. Sogar die total verfahrene Geschichte mit Julia.

Während meine Hände automatisch schneiden, rühren, hacken und panieren, erinnere ich mich, wie vielversprechend unsere Beziehung angefangen hat.

Julia war der Traum jedes Sechzehnjährigen, falls er auf den Schneewittchen-Typ abfährt – wie ich. Sie machte mich auf seltsame Weise hungrig, anders kann ich das nicht beschreiben. Na ja, kurz gesagt, ich war mächtig in sie verknallt. Die ersten zwei oder drei Monate unserer Lehrzeit ritt ich jeden Abend auf meinem Moped heim, als wäre ich Billy the Kid nach seinem ersten gelungenen Bankraub.

Irgendwann jedoch fiel ich runter von meinem hohen Ross. Julia erklärte mir nämlich schlicht und einfach, dass ich nur Freundschaft von ihr erwarten könnte. Ich wäre echt ein prima Kumpel, hilfsbereit und freundlich, und sie hätte mich gern, aber das wär's dann auch.

»Besser als nichts«, dachte ich und hoffte, sie würde ihre Meinung vielleicht im Lauf der Zeit doch noch ändern. Da war wohl der Wunsch der Vater des Gedankens. Was ich auch anstellte – sie hielt mich auf Abstand.

Ich litt fürchterlich, drei Jahre lang. Fraß alles in mich hinein. Im wahrsten Sinne des Wortes. Mit sichtbaren Folgen, was mein Selbstbewusstsein nicht gerade aufpolierte.

Nach der Prüfung suchte ich mir sofort eine neue Anstellung, weit weg von Julia. Als ich ging, weinte sie tatsächlich ein bisschen und sagte: »Du warst ein wunderbarer Freund!« Sie ahnte offenbar nicht, was sie angerichtet hatte. Bestimmt hätte es ihr dann etwas ausgemacht. Das nahm ich jedenfalls als sicher an. Verliebte sind nun mal unbelehrbar.

Das »Lukull« war eine ganze Kategorie besser als das alte Restaurant. Und ich war, Gott sei Dank, nicht mehr der Lehrling, den jeder herumkommandiert und an dem alle ihre schlechte Laune auslassen.

Unser Chefkoch Enzinger, ein Bayer von der groben Sorte, ließ mir anfangs zwar auch nichts durchgehen, aber mit der Zeit lernte ich ihn doch schätzen. Denn er war es, der eines Tages mehr zufällig meine besondere Begabung erkannte, als ich ihm in einem Anfall von Übermut vorschlug, zu Ostern doch als Hauptgericht »Flambiertes Stubenküken im Nudelnest an gegrillten Austernpilzen auf Sojafond« anzubieten.

Mir fehlt zwar Julias Geschicklichkeit, für die sie zu meinem Ärger ständig gelobt worden war, aber ich verfüge über eine Eigenschaft, die einen erstklassigen von einem guten Koch unterscheidet: kulinarische Phantasie. Ich weiß einfach, was zueinander passt, weil ich mir den Geschmack aller möglichen Zutaten genauso lebhaft vorstellen kann, als ob ich sie gerade auf der Zunge hätte.

Der Küchenchef förderte mich also, ließ mir aber auch viel Freiheit, mit dem Hintergedanken, meine besonderen Fähigkeiten für seine Zwecke zu nutzen. Er hatte es sich nämlich in den Kopf gesetzt, dass das »Lukull« unter seiner Leitung unbedingt den ersten Michelin-Stern gewinnen müsste.

Was für ein Triumph, in allen Fachzeitschriften als Küchenmeister gefeiert zu werden, bei dem man auf jeden Fall gespeist haben *muss*, wenn man als Gourmet gelten will!

Natürlich hatte ich wie jeder Koch in einem größeren Team auch meine speziellen Pflichten zu erledigen. Ich war für die Zubereitung der Fischgerichte zuständig, die Enzinger geplant hatte. Weil jedoch unsere (handgeschriebene!) Speisekarte monatlich wechselte, wurde ich eines Tages kurz vor Weihnachten von meinem Chef in sein winziges Büro gerufen. Er forderte mich auf, mit ihm gemeinsam eine neue Menüfolge zu entwerfen. Während wir unsere Vorschläge besprachen, wobei Enzinger manchmal sogar auf meine Anregungen einging, warf ich ab und zu einen Blick durch die Trennscheibe auf die Kollegen, die beispielsweise Zwiebeln hackten oder Rindfleischfond köcheln ließen, und war stolz wie Oskar.

Rosi, der neue Lehrling, machte mir übrigens anschließend schöne Augen. (Dass Erfolg sexy macht, stimmt also tatsächlich. Außerdem hatte ich in den letzten Monaten tüchtig abgespeckt.) Ich testete die Kleine bei Gelegenheit auf Brauchbarkeit – sie bestand die Prüfung. Ich bekam statt Kaviar zwar nur Heringsrogen, doch biologische Bedürfnisse müssen bekanntlich befriedigt werden.

Aus meiner ersten Niederlage hatte ich wenigstens etwas Wichtiges gelernt. Man sollte als Mann unbedingt jede Art von Romantik aus seinen Beziehungen zu Frauen raushalten. Geliebt zu werden ist allemal erfreulicher als zu lieben. Man ist so immer auf der Seite des Gewinners.

Ich konnte eigentlich durchaus zufrieden sein mit meinem Leben, vor allem mit der nicht ganz unbegründeten Aussicht, den guten Enzinger zu beerben, sobald er in Rente ging.

Folglich meldete ich mich ein paar Monate, nachdem die

notwendigen drei Jahre Praxis herum waren, zu einem Meister-Fernkurs an. Also täglich bis in die Nacht hinein lernen, und das nach dem Küchenstress! Außerdem ab und zu zwei Tage Urlaub nehmen, um in diesem Institut persönlich getrimmt zu werden. Das würde hart, aber wenn man an sich glaubt, wächst man mit den Anforderungen – so dachte ich damals.

Dass ich auf der Siegerstraße war, schien sich eines Abends zu bestätigen. Im Restaurant saß ein anspruchsvoller Gast, den mein Chef auf Grund seines gut entwickelten Instinkts sofort als Testesser erkannte.

»Gebt euch gefälligst Mühe! Heute gilt's! Wer nicht spurt, fliegt!«, so hatte er gedroht und damit die Katastrophe selbst ausgelöst. Jeder im Team wollte sein Bestes geben, doch unter diesem Druck ging beinahe alles daneben: beispielsweise das Omelette soufflée orientale, meine neueste Kreation, die vor den Augen des entsetzten Michelin-Verkosters in Zeitlupe zusammenfiel. Unser sonst so ruhiger Küchenchef verlor zum ersten Mal die Kontrolle über sich.

Gefeuert wurde zwar niemand, sonst hätte man das Lokal wegen Personalmangels schließen müssen, aber es gab selbstverständlich auch keinen Stern. Darüber regte sich Enzinger dermaßen auf, dass er plötzlich ganz still am Herd zusammenbrach. Tot. Aus. Schluss.

Das war meine Chance, und ich nutzte sie. Ich marschierte ins Büro des Restaurantbesitzers und bot mich als Retter in der Not an.

»Meinetwegen! Enzinger hat ja große Stücke auf Sie gehalten. Aber gefälligst nur als Vertretung! Bis sich jemand auf meine Anzeige meldet, der *alle* Voraussetzungen für diesen Posten hat«, sagte Horstmann kalt.

Dass ich durch diese Beförderung nicht auf der Leiter des Erfolgs hinaufkletterte, sondern viel eher auf einer Rolltreppe abwärts fuhr, merkte ich bald. Ich hetzte von Aufgabe zu Aufgabe, hatte keine Zeit mehr, mich zu entspannen, weil ja auch der Meisterkurs weiterlief, in den ich schon eine Menge Geld gesteckt hatte. Kein Wunder, dass mir unter diesen Umständen die Pflichten einfach über den Kopf wuchsen. Und es gab keine Möglichkeit, sie rasch loszuwerden, ohne mein Gesicht zu verlieren. Vor lauter Überlastung kriegte ich Magenschmerzen, meckerte an allem herum, wurde ungeduldig und ungerecht. Die Kollegen fühlten sich schlecht behandelt und meuterten, zuerst heimlich und danach ganz offen. Besonders Torsten, ein überalterter Azubi mit Hochschulreife, ein unangenehmer, empfindlicher Kerl, ging auf die Barrikaden. Vermutlich schwärzte er mich sogar bei Horstmann an.

Jedenfalls ließ der mich rufen und erklärte, er hätte schon seit vier Wochen einen deutlichen Rückgang der Einahmen festgestellt. Ich wäre offensichtlich überfordert. Gott sei Dank träte mein Nachfolger seinen Dienst bereits nächste Woche an. So ließe sich der Ruin des Lokals wohl noch aufhalten.

Ich stand da wie ein dummer Junge. Dass er mich nicht auf der Stelle hinauswarf, hatte ich bestimmt nur meinen besonderen kulinarischen Qualitäten zu verdanken. Die brauchte er meiner Ansicht nach nämlich, ganz gleich, wen er da als Küchenchef an Land ziehen würde. Dieser Gedanke tröstete mich über die neue Niederlage hinweg und hinderte mich daran, selbst zu kündigen, um woanders die höchste Mütze zu erobern.

Am folgenden Montagmorgen in aller Frühe war das gesamte Team in der blitzblanken Küche angetreten. Die Pendeltür wurde aufgestoßen – Horstmann mit seinem neuen Chefkoch!

Julia gab jedem die Hand. Mich lächelte sie besonders freundlich an und sagte: »Hallo, Harry! Toll, dass du hier bist!«

Ich grinste verlegen und schwankte zwischen Schreck und Freude hin und her.

Jetzt war sie nicht mehr bloß ein hübsches Mädchen, sondern eine richtig attraktive Frau. Das half ihr, sich in einer Gemeinschaft durchzusetzen, in der Männer normalerweise den Ton angeben. Alle waren, das merkte man, mehr oder weniger in sie verliebt, besonders ich. Keine Romantik mehr? Geschwätz eines abgeblitzten Verehrers.

Nach drei Wochen – ich musste sie in ihren Job einweisen, also ständig in ihrer Nähe sein, gab ich erst Rosi den Laufpass und setzte eines Abends, als Julia und ich länger arbeiten mussten, zum erneuten Sturm auf die Festung an.

»Lass uns Freunde bleiben wie früher. Du bist einfach nicht mein Typ, klar?« Das war Julias gefühllose Reaktion. Also genau dieselbe Platte wie vor Jahren. Und wie vor Jahren half ich ihr weiterhin, nur nach diesem Tiefschlag ganz und gar nicht mehr freiwillig.

Irgendwann aber brauchte sie mich nicht mehr. Sie ließ mich von einem Tag auf den anderen fallen. Seltsame Art von Freundschaft, oder?

Sie hatte ihren eigenen Stil, und den wollte sie umsetzen. Kulinarische Phantasie? Damit konnte sie nichts anfangen. Trotz ihres Meisterbriefs also nur Durchschnitt. Und so jemand hatte mich beruflich ausgebootet, und zwar auf Dauer!

Unsere Speisekarte änderte sich grundsätzlich, und mit ihr die Gäste. Enzinger hätte sich im Grab umgedreht. Horstmann aber war damit zufrieden. Hauptsache, der Laden warf genug ab.

Wahrscheinlich hätte sich alles ganz anders entwickelt, wenn ich nicht eines Mittags während der Pause ins »Lukull« zurückgekommen wäre, um meine vergessene Jacke zu holen.

Hinter der Scheibe im Büro klebten Julia, die mit dem Herz aus Stein, und das Weichei Torsten aneinander und küssten sich gierig. So würden Pirañhas küssen, wenn sie küssen könnten!

Natürlich band ich ihnen nicht auf die Nase, was ich gesehen hatte, sondern machte weiter auf Freundschaft mit der Küchenchefin und auf gutes Einvernehmen mit ihrem Liebhaber. Ich ging sogar so weit, mich bei ihm für jeden Anpfiff während meiner Chefkoch-Zeit zu entschuldigen, und er nahm diese Entschuldigung gnädig an.

Er konnte zwar Latein und was sonst noch alles, aber war eben trotzdem ein Dummkopf; denn er merkte nicht, dass ich vor Wut kochte, sobald er nur in meine Nähe kam.

Mein bis jetzt nebuloser Plan nahm feste Formen an, nachdem das Weichei am gemeinsamen Mittagstisch einige Gabeln Selleriesalat gegessen hatte und anschließend nach Luft schnappend auf seinem Stuhl hing. Alle bemühten sich um ihn, aber keiner erkannte, was mit ihm los war – außer mir. Mein Vater hat das gleiche Leiden. Ich riet meinem »Freund« mit besorgter Miene, in Zukunft Sellerie unbedingt zu meiden, und alle nickten.

Auf dem Grabbeltisch einer Großbuchhandlung fand ich, was ich suchte. Ich studierte das Bändchen sorgfältig.

Allerdings – ranhalten musste ich mich unbedingt mit meinen gezielten Aktionen. Ich durfte nicht warten, bis Torsten durch einen dummen Zufall dahinterkäme, woran er litt und womöglich einen Arzt aufsuchte.

Deshalb machte ich Nägel mit Köpfen. An unserem nächsten freien Tag lud ich das Liebespaar, meine »besten Freunde«, zum Essen ein. Bei mir zu Hause. Rosi war entzückt, weil sie auch kommen durfte. Dumme Gans! Sie hatte keine Ahnung, dass ich sie nur als Zeugin brauchte. Man kann nicht vorsichtig genug sein.

Ich sparte weder Kosten noch Mühe, sondern tischte ein richtiges Festmenü auf. Fünf Gänge, alles vom Besten. Meinen Gästen blieb erst der Mund offenstehen, dann langten sie tüchtig zu. Getrunken wurde auch nicht wenig. Mit der Folge, dass Julia und Torsten anfingen, heftig zu knutschen. Was blieb mir anderes übrig, als mich im Gegenzug mit Rosi abzugeben, damit ich überzeugend wirkte?

Weiter geschah, wie vorauszusehen, nichts Bemerkenswertes.

Weil der Abend so angenehm verlaufen war, beschlossen wir, diese Tafelei jede Woche zu wiederholen, mal bei dem einen, mal bei dem anderen. Das Niveau der Mahlzeiten war, soweit es das reizende Pärchen betraf, das längst zusammenlebte, natürlich höchst mittelmäßig, aber ich verkniff mir jede negative Bemerkung. Rosi, als Anfängerin, lief sowieso außer Konkurrenz.

Inzwischen bin ich Experte für Allergien. Ich weiß jetzt beispielsweise, dass Weichei schon sensibilisiert war, bevor er den Selleriesalat gegessen hatte, obwohl er noch keine Symptome zeigte.

Vermutlich durch Birkenpollen. Das ließ mich hoffen.

Besondere Aufmerksamkeit habe ich bei der Lektüre des Info-Bändchens den Kreuzallergien gewidmet. Was für wunderbare, beinahe unbegrenzte Möglichkeiten! Ich prägte mir die wichtigsten Kombinationen von verwandten Allergieauslösern ein, zerriss die belastenden Blätter in kleine Schnipsel und entsorgte sie im Klo. Für alle Fälle.

Heute bin wieder ich der Gastgeber. Niemand, der nicht genau Bescheid weiß, würde auf die Idee kommen, es könnte irgendeine böse Absicht hinter der Auswahl der Gerichte stecken. Mein Trick: Ich werde eine Mischung aus absolut harmlosen und mit großer Wahrscheinlichkeit schädlichen Zutaten servieren. Für Torsten schädlich, aber nicht nur für ihn!

Gerade stelle ich fest, dass das Milchlamm in der Kräuterkruste ganz allmählich bräunt und verlockend duftet, und prüfe danach, ob das Haselnussparfait schon die richtige Konsistenz hat; den dazugehörigen Kirschspiegel habe ich schon gestern vorbereitet, auch das Kartoffelgratin, den Paprika-Tomatenschaum und die Teltower Rübchen in Waldhonigsud als Alternative. Die Vorspeise, geeiste Melone mit Parmaschinken, wird ja im Handumdrehn fertig sein, auch wenn die Gäste schon eingetroffen sind.

Eine erlesene Komposition, die ich auch nächste Woche in der Meisterprüfung präsentieren will. Als Kür nach dem Pflichtprogramm. Selbstverständlich ist vorher ein Probekochen erforderlich. Auf mich wird nicht der Schatten eines Verdachts fallen.

Ah, da klingelt es. Ich bin ganz ruhig. Warum sollte ich denn aufgeregt sein? Alles wird wie am Schnürchen laufen. Ich bin nicht nur ein exzellenter Koch, sondern auch ein hervorragender Stratege, schiebe meine wunderbaren Freunde hin und her wie Schachfiguren, und sie merken es nicht mal!

Jeder, aber auch jeder wird die Strafe kriegen, die er verdient: Julia, Torsten und außerdem Horstmann.

Es ist angerichtet, Ihr Lieben! Lasst es Euch schmecken!

Mörderische Leidenschaft

Unser Erkelenz ist seit längerem eine friedliche Stadt. Morde geschehen hier höchst selten und lösen deshalb auch beträchtliches Aufsehen, ja Beunruhigung unter den Bürgern aus. Vor allem in diesem sehr ungewöhnlichen Fall, den ich, Hermann Lennartz, Lehrer an der hiesigen Lateinschule, jetzt in meiner Eigenschaft als Chronist wahrheitsgemäß aufzeichnen werde. Das fällt mir um so leichter, weil ich, wenn auch gänzlich unschuldig, in das Geschehen verwickelt war.

Der Leser dieser Chronik wird rasch erkennen, dass er einer Tragödie beiwohnt, die sich auf menschliche Leidenschaften gründet. Auch aus der Liebe kann das Böse erwachsen, sie ist sogar, Gott sei's geklagt, sein bester Nährboden. Das ist eine traurige Erfahrung, die niemand, der bei Vernunft ist, leugnen sollte.

Vor einigen Monaten, um genau zu sein, im April des Jahres 1834, verbreitete sich wie ein Lauffeuer die Nachricht, unser Bürgermeister, ein grundgütiger, rechtschaffener Mann, der sich um das Wohl der Stadt überaus verdient gemacht hatte, sei schwer leidend und könne seine Amtsgeschäfte nicht länger wahrnehmen. Ich stattete ihm einen Krankenbesuch ab und fand ihn bleich und abgemagert in seinem Bette vor. Die Auszehrung hatte ihn befallen, und nach menschlichem Ermessen war er dem Tode geweiht. Einen Monat später verschied er qualvoll in den Armen seiner Gattin.

Wie es seiner Bedeutung entsprach, wurde eine prächtige Beerdigung geplant, zu der die ganze Stadt beitragen sollte, jeder nach seiner Befähigung. Allenthalben wurden eifrig Vorbereitungen zur Gestaltung einer würdigen Feier getroffen.

Vor allem unser Kirchenchor, in weitem Umkreis gerühmt wegen seiner musikalischen Aufführungen zu hohen Kirchenfesten, hatte sich entschieden, das Mozartsche Requiem zu Gehör zu bringen, das zwar schon früher eingeübt worden, aber doch ein wenig in Vergessenheit geraten war. Daher wurde eine tägliche Probe verfügt, an der ich nur zu gerne teilnahm.

Der Grund für diese meine Bereitwilligkeit ist weniger auf dem Gebiete der Sangeskunst zu suchen als im gänzlich Privaten. Obwohl es mir nicht leicht wird, sehe ich mich dennoch gezwungen, diese Tatsache preiszugeben, da sie mir zum Verständnis der Ereignisse bedeutsam erscheint.

Es ging mir nämlich zuvörderst um Anna, deren engelgleicher Sopran jedermann entzückte. Doch nicht nur ihre Stimme, nein, auch die Vollkommenheit ihres Antlitzes und ihrer hochgewachsenen Gestalt stellten alle anderen Sängerinnen in den Schatten, was gewiss auch manchen heimlichen Neid hervorrief. Man hatte sie zum erstenmal mit einer Solopartie betraut, die sie aufs schönste ausfüllte. Ich hatte nur Augen und Ohren für sie. Und sie schenkte auch mir, das will ich nicht verhehlen, einige Beachtung.

Den Leichnam des Bürgermeisters hatte man für zwei Tage in unserer Pfarrkirche St. Lambertus aufgebahrt, damit die Bürgerschaft ausreichend Gelegenheit bekäme, von ihm Abschied zu nehmen. Nahezu niemand versäumte es, an ihm und der Ehrenwache vorüberzuschreiten und dabei einen letzten Blick auf seine Gesichtszüge zu werfen, die man so hergerichtet hatte, als weilte er noch unter den Lebenden.

Wie gewöhnlich wurden die Chorproben in einem Saale nahe der Kirche abgehalten. Die Fortschritte der Sänger waren beträchtlich, und man konnte nach der letzten ausgedehnten Übung mit Fug und Recht eine durchaus würdige Darbietung des Requiems am folgenden Morgen, einem Sonntag, erwarten.

Unglücklicherweise hatte mich das Los in dieser Nacht zur Totenwache eingeteilt, so dass mir nicht genügend Muße blieb, das Abendessen in meiner am Rande der Stadt gelegenen Wohnung einzunehmen. Daher gedachte ich, die kurze Pause in trautem Zwiegespräch mit Anna zu verbringen, die mir während der Probe mehrmals derart verheißungsvoll zugelächelt hatte, dass ich auf eine Vertiefung unserer Beziehung hoffen durfte. In allen Ehren natürlich!

Doch verlief dieser Abend in eine andere Richtung. Das wankelmütige Mädchen eilte nach Ende der Probe aus dem Saal, ohne sich im geringsten um mich zu scheren. Ich hatte die größte Mühe, ihr zu folgen. Als ich vor die Türe trat, sah ich gerade noch ihr helles Kleid über die düstere Rasenfläche vor der Kirche wehen und gleich darauf hinter der Tür eines Nebeneingangs verschwinden. Sie hatte also wohl ein inniges Gebet meiner Gegenwart vorgezogen. Enttäuscht und darum voll übler Gedanken drehte ich mich auf dem Absatz herum, suchte den »Schwarzen Adler« nahebei auf und trank sehr viel mehr als mein übliches bescheidenes Glas Alt, noch dazu auf leeren Magen. Bald geriet ich in ein hitziges Wortgefecht mit dem Apotheker um die Wirksamkeit seiner selbstgedrehten Pillen und vergaß beinahe, wo ich längst hätte sein müssen.

Der Küster von St. Lambertus namens Heinrich Jansen, welcher zugleich als Organist wirkte, hatte sich bereits neben dem schon geschlossenen Sarg niedergelassen. Ein wohlgebauter Mann in den besten Jahren, eigentlich sehr umgänglich bis zu einem gewissen Punkte, an dem ihn der Zorn übermannte – dann nämlich, wenn man ihm widersprach. Seine Ehefrau konnte ein Lied davon singen.

Ich setzte mich ebenfalls und begann eine Erklärung für mein spätes Eintreffen anzustimmen, als er mir Einhalt gebot. Er sähe doch, dass ich einen über den Durst getrunken hätte. Singen trockne ja bekanntlich die Kehle aus. Ob ich denn nicht lieber heimginge, meinen Rausch auszuschlafen vor der Aufführung, statt hier mit ihm die ganze Nacht zu wachen? Ich solle nur nicht glauben, er fürchte sich allein in der Gegenwart des Toten, die Kirche sei doch sein angestammtes Revier. Ich dürfte sicher sein, dass er gegenüber jedermann reinen Mund hielte, damit man mir keine Pflichtvergessenheit vorwerfen könne.

Hätte ich mit ihm nun einen langen Disput führen und ihn gegen mich aufbringen sollen?

Am folgenden Morgen, als ich das schon bis zum letzten Platz gefüllte Gotteshaus aufsuchte, bemerkte ich eine mir unerklärliche Unruhe, die den Chor befallen hatte. Was ich auf meine Frage nach dem Grunde hierfür erfuhr, ließ mir den Atem stocken: Anna, die unentbehrliche Solistin, war noch nicht erschienen, obgleich die Zeit drängte! Die Eltern, zu diesem Versäumnis befragt, erklärten besorgt, sie hätte ganz gegen ihre Gewohnheit auch die Nacht nicht daheim verbracht. Man beschloss, noch ein wenig zuzuwarten, doch nichts geschah. Also traf der Dirigent in seiner Not die Entscheidung, eine weitaus weniger begabte und noch ungeübte Sängerin müsse Annas Partie übernehmen.

Alle Beteiligten ließen es an Bemühungen nicht fehlen, aber es dürfte niemanden verwundern, dass die Darbietung gleichwohl nicht den ungeteilten Beifall der Zuhörer fand. Über Einzelheiten will ich um der Diskretion willen lieber schweigen.

Nachdem der Bürgermeister zu Grabe getragen war, schritten die geladenen Gäste zum Leichenschmaus im Hause des Toten nahe der Kirche, doch es wollte angesichts der obwaltenden Umstände keine rechte Stimmung aufkommen.

Wenn man nun erwartet hatte, dass sich die Vermisste irgendwann im Laufe der folgenden Tage wieder einfinden würde, so sah man sich getäuscht. Die Eltern befestigten gedruckte Portraits ihrer Tochter an den Türen des Rathauses und der zahlreichen Gaststätten rund um St. Lambertus, ja sogar an Bäumen und Zäunen, und sahen sich schließlich genötigt, als daraufhin nichts erfolgte, sie bei der Polizei als abgängig zu melden.

Beamte mit Hunden schwärmten aus, welche die Gegend durchkämmten, insbesondere die rund um unsere Stadt gelegenen Dörfer, ja sogar das ehemals prächtige, jetzt jedoch von den Kreuzbrüdern verlassene Kloster Hohenbusch mit den noch vorhandenen Vorwerken. Auch die Vereine, vor allem die Schützen, stellten Suchtrupps zusammen und beteiligten sich an der Unternehmung. Doch alle Anstrengungen brachten keinen Erfolg. Die abenteuerlichsten Gerüchte verbreiteten sich in der Stadt und im Umland, die zu wiederholen ich mich scheue, weil sie ein bezeichnendes Licht auf die Charaktere einiger unserer Bürger werfen könnten. Gewiss, es wurden auch Zeugen vernommen, die das Mädchen vor seinem Verschwinden gesehen hatten, aber niemand machte eine Aussage, die zu einem Resultate geführt hätte. Auch ich nicht, wie ich schamvoll gestehen muss; denn die Sorge beherrschte mich, in ein schiefes Licht zu geraten oder sogar eines Verbrechens verdächtigt zu werden.

Irgendwann aber schlug mir doch das Gewissen, und ich gestand bei der Polizei, was ich gesehen hatte. Man stellte mir peinliche Fragen, verhörte mich stundenlang und musste mich dennoch freilassen, da der Apotheker und der Küster mein Alibi bestätigten. Allerdings verlangte man, ich solle mich zur Verfügung halten, falls eine neuerliche Befragung vonnöten sei.

Anschließend machten sich die Beamten an die Verfolgung der Fährte, auf die ich sie gesetzt hatte. Der Kreis der Zeugen wurde erheblich erweitert, um auch dem kleinsten zusätzlichen Hinweis nachzugehen. Mehrere Polizisten waren unermüdlich im Einsatz, jedoch ohne der Aufklärung auch nur einen Schritt näherzukommen.

Also griff man zu einem Mittel, das die Erinnerung manch-mal erstaunlich beflügelt – man setzte eine Belohnung von 10 Talern aus für jeden, der sich besonderer Vorkommnisse während des fraglichen Sonntags, an dem Anna verschwunden war, erinnern könne.

Wie gewöhnlich tauchten nun allerlei Wichtigtuer und Son-derlinge auf, die sich die Belohnung verdienen wollten. Als ihre Vernehmung jedoch nichts Hilfreiches zutage förderte, ver-trat der Leiter der hiesigen Polizeibehörde bereits die Ansicht, man solle den Fall entweder an die Bezirksregierung in Aachen übergeben, wodurch sein Ansehen dort erheblichen Schaden genommen hätte, oder, noch besser, sogleich als unlösbar de-klarieren und zu den Akten legen.

Am folgenden Tage jedoch wendete sich das Blatt. Ich über-nehme hier den Bericht des »Rheinboten«, der die Ereignisse wie folgt geschildert hat:

»Einer der Totengräber, die den Sarg getragen hatten, ein ge-wisser Willem Neuss, suchte schon früh am Morgen die Amtsstube auf, seine Mütze verlegen zwischen den Händen drehend. Es war nicht leicht, das aus ihm herauszubringen, was er mitzuteilen hatte, denn er stotterte stark. Doch mit vereinten Kräften ließ sich endlich eine Aussage herausdestillieren: Der Sarg mit dem toten Bürgermeister sei einfach seiner Erfahrung nach zu schwer gewesen für einen Leichnam, von dem jedermann hätte tagelang sehen können, dass er nur noch aus Haut und Knochen bestand. Die Beamten geizten nicht mit Lob für diese seine Feststellung und ließen sogleich die übrigen Träger holen, die dem ersten nach einigem Zögern beipflichteten. Damit war die Untersuchung in das entscheidende Stadium gelangt.« Soweit die Zeitung.

Wie ich unter der Hand aus einer zuverlässigen Quelle erfuhr, die preiszugeben ich nicht berechtigt bin, soll sich der Leiter der Polizeibehörde nun sogleich persönlich an den Richter am Erkelenzer Kreisgericht gewandt und dringend eine Exhumierung des Sarges beantragt haben, um der Wahrheit endlich auf den Grund zu gehen.

Nach Einbruch der Dunkelheit, als der Kirchhof für Besucher schon geschlossen war, versammelten sich insgeheim Vertreter von Justiz und Polizei und andere unverdächtige Zeugen am Grabe des Bürgermeisters.
Die Totengräber schafften im Lichte blakender Fackeln zuerst die schon verwelkten Kränze beiseite und trugen den Erdhügel ab. Schatten huschten hin und her, ein Käuzchen schrie kläglich. Es war eine Szene, wie sie schauerlicher nicht hätte sein können. Furcht verschloss allen Anwesenden den Mund.

Nach langen Minuten bangen Wartens wurde der Eichensarg sichtbar. Willem Neuss sprang in die Grube, löste unter großen Mühen die Verschraubung und stemmte unter Ächzen den Deckel hoch.

Den Anwesenden bot sich ein grauenvolles Bild: Sie erblickten den Leichnam der vormals so liebreizenden Anna, den irgend jemand dem des Bürgermeisters beigesellt hatte.

Das bedauernswerte Mädchen wurde noch während der Nacht der Gerichtsmedizin in Aachen überstellt.

In der Frühe des nächsten Tages schon summte unsere Stadt vor Erregung wie ein Bienenstock, in den eine Hornisse eingedrungen ist. Obgleich strengstes Stillschweigen vereinbart worden war, konnte einer der Zeugen, vermutlich derselbe, der mich ins Vertrauen gezogen hatte, die grässliche nächtliche Entdeckung nicht bei sich behalten und erzeugte so die haarsträubendsten Mutmaßungen, die vor allem um die Person des Mörders, aber auch um seine möglichen Beweggründe kreisten. Nichts war so unsinnig, als dass man es nicht geglaubt, zusätzlich ausgeschmückt und flugs weiterverbreitet hätte.

Aber ich habe kein Recht, mich an diesen Hirngespinsten zu stoßen, denn in mir selbst war ein Verdacht aufgestiegen, der nicht weniger ungeheuerlich zu sein schien als die fremden Unterstellungen. Sollte ich ihn der Polizei offenbaren? Doch das blieb mir gottlob erspart, denn die Ereignisse überschlugen sich kurz danach.

Pastor Peters betrat einige Tage später ungefähr eine Viertelstunde vor dem feierlichen Hochamt die Sakristei von St. Lambertus durch den Seiteneingang. Er stellte fest, dass unser Küster ganz gegen seine Gewohnheit nicht auf ihn wartete. Um sich seiner Hilfe zu versichern, öffnete er die Tür zum Altarraum und erstarrte. Niemand hatte die Kerzen angezündet, auch jeglicher Blumenschmuck fehlte. Heinrich Jansen hatte seine Pflichten schmählich vernachlässigt. Nicht einmal das Hauptportal hatte er aufgeschlossen, denn draußen war außer mir bereits eine ganze Anzahl von Gläubigen versammelt, die Einlass forderten. Der Priester sah sich also genötigt, selbst zu öffnen, und machte sich danach auf den Weg zur Orgelempore. Wie er später erklärte, hatte er angenommen, Jansen beschäftige sich wie so oft mit den seit längerem schadhaften Blasebälgen. Einige Anwesende begannen, miteinander zu flüstern.

Hochwürden hatte kaum zwei Schritte getan, als unvermutet das Portal aufgestoßen wurde und eine Anzahl von Uniformierten ungestüm hereindrängte. Ihnen folgten zwei mir unbekannte, gutgekleidete Herren. Sie verlangten den Küster augenblicklich zu sprechen. Der Pastor wies wortlos in die Höhe. Ein barscher Befehl, und schon polterten die Polizisten die Treppe im Turm hinauf. Die Zivilisten folgten gemessen in einigem Abstand.

Einen Augenblick später drangen von oben laute Ausrufe und aufgeregtes Stimmengewirr bis in das Kirchenschiff herunter. Bestürzt und ratlos verharrten wir still auf unseren Bänken. Einer der Kriminalisten erschien sodann in sichtbar aufgewühltem Zustand, sprach hastig auf unseren Pfarrer ein, der leichenblass wurde, und entfernte sich wieder. Etwas Grauenerregendes musste auf der Empore vorgefallen sein, daran zweifelte gewiss keiner der Anwesenden.

Hochwürden Peters hob den Arm, als müsse er um Aufmerksamkeit bitten, obwohl sich aller Augen ohnehin schon auf ihn gerichtet hatten. Sein sonst so volltönender Bariton klang heiser, als er die Gemeinde davon in Kenntnis setzte, dass man soeben unseren Küster erhängt im Turm aufgefunden habe.

Man möge für ihn ein stilles Vaterunser beten und sich anschließend nach Hause begeben, da der Gottesdienst ausfiele.

Ich empfand keinerlei Genugtuung darüber, dass sich mein Verdacht bestätigt hatte, nur würgendes Entsetzen.

Die näheren Umstände seines Todes erfuhren die Bürger aus Jansens Abschiedsbrief, den er auf der Orgelbank hinterlassen hatte. Ich halte es für meine Pflicht, seinen Inhalt für die Nachwelt getreulich festzuhalten:

»Ich, Heinrich Jansen, Küster und Organist an St. Lambertus zu Erkelenz, habe meine Geliebte Anna Claasen erwürgt und sie danach im Sarg des Bürgermeisters verborgen. Sie war entschlossen, sich von mir zu trennen, eines jüngeren Mannes wegen. Ich will dort sterben, wo sie gestorben ist. Gott, der Herr, und meine Ehefrau mögen mir verzeihen.«

Auf Grund dieses Geständnisses konnten die Akten des Kriminalfalles endgültig geschlossen werden.

Die Identität des jüngeren Mannes freilich blieb im Dunkeln. Dieses Geheimnis hatte Anna mit ins Grab genommen.

Der Täter wurde nach kirchlichem Brauch in ungeweihtem Grund begraben und von niemandem beweint.

Erheben wir uns nicht über die Schuldigen, denn auch wir sind nicht gefeit gegen das Verderben, das in unserer Seele wurzelt.

Cosa Nostra oder Räche sich, wer kann

Prolog

Sieh mal! Vom Ultima Verlag«, sagte meine Frau und hielt mir den Brief hin.

Es war Sonnabend, und ich musste nicht ins Amt. Wir saßen am hübsch gedeckten Frühstückstisch und hatten uns gerade überlegt, wohin wir »ausfliegen« wollten. Ich nickte beiläufig, als ginge mich diese Post gar nichts an, schmierte mir ein drittes Brötchen mit Leberwurst und trank einen Schluck Kaffee. Vera seufzte gottergeben. Sie hatte mein Theater durchschaut – kein Wunder nach 20 Ehejahren.

»Soll ich ihn aufmachen?« fragte sie scheinheilig und griff zum Tomatenmesser. Ich nickte und wischte mir die Fettfinger an der Serviette ab. Mein Herz schlug einen Trommelwirbel.

Der Umschlag enthielt ein Blatt, das mit den Worten »Lieber Teilnehmer an unserem diesjährigen Literatur-Wettbewerb« begann. Ich ließ meinen Blick über die nächsten Zeilen gleiten und fiel in das übliche Loch: Ein Schwall von Beteuerungen, wie leid es ihnen täte, dass ich nicht zu den Preisträgern gehörte, aber es gäbe eben bei 1000 Teilnehmern nur fünf Gewinner, ich solle bitte Verständnis haben und nicht aufgeben, es immer wieder versuchen. Und – das nun erboste mich aufs Äußerste – die Wartezeit bis zum nächsten Jahr sinnvoll nutzen, indem ich meinen Stil verbesserte, möglicherweise in einem Kurs für Kreatives Schreiben oder auch in einer Schreibwerkstatt gemeinsam mit Kollegen. Üben, üben, üben, das sei die Garantie für zukünftigen Erfolg.

Ich knüllte den Schrieb wutentbrannt zusammen und stopfte ihn in die Dose für den Tischabfall, zu den Eierschalen.

Meine Ehefrau sagte mahnend »Aber Einzi!« und klaubte das Knäuel heraus, um es zu glätten, danach zu lesen und später eine ordentliche Kopie für meine Unterlagen anzufertigen. (Der Hefter mit den Absagen war bereits prall gefüllt. Bald würde ich einen neuen brauchen.) Ihr Kommentar: Sie verstünde ja, dass ich die Art der Absage unverschämt fände. Dann jedoch fügte sie hinzu, um mich zu trösten, das Schreiben sei doch offenbar genormt, und ich dürfe daher den vermutlich gutgemeinten Vorschlag nicht auf mich beziehen, meine Fähigkeiten seien doch vollkommen ausgereift. Aber dieser schwache Trost fiel bei mir nicht auf fruchtbaren Boden. Ich erklärte den Ausflug für »gecancelt« und zog mich ins Arbeitszimmer zurück, um meine Niederlage zu »durchleben«, wie Psychologen so etwas nennen – kurz zum Wundenlecken. Die Flasche mit dem Metaxa, sieben Sterne übrigens, nahm ich mit. Vera lächelte voller Verständnis.

Das gesamte restliche Wochenende verbrachte ich in dumpfem Brüten, nur zu den Mahlzeiten leistete ich meiner Frau Gesellschaft. Sie hatte sich die größte Mühe gegeben, meinem Elend mit meinen Lieblingsgerichten beizukommen. Vergebliche Liebesmüh! Das Maß meiner Demütigungen war übervoll. Was zuviel ist, ist zuviel!

Hört sich irgendwie reichlich verzagt an, nicht wahr? So, als hätte ich meine Karriere als Schriftsteller an den Nagel hängen wollen, ehe sie überhaupt begonnen hatte. Vielleicht habe ich mich nicht eindeutig ausgedrückt, was ja sogar renommierten Autoren gelegentlich unterläuft. Oder es liegt bloß daran, dass man nicht hören kann, in welchem Ton ich die obigen Sätze am Sonntagabend bei Lachs-Crèpes und einem 2003er Kaiserstühler Weißburgunder Spätlese trocken vorbrachte. Es klang nämlich aufsässig und zu allem entschlossen. Nicht die geringste Resignation, das kann ich beschwören. Das Nachdenken hatte eben Früchte getragen. Vera schenkte mir ihr uneingeschränktes Lob und beteuerte am Schluss ihrer kleinen Rede: »Du kannst dich hundertprozentig auf mich verlassen, ganz gleich, was du vorhast!«

Ich war überwältigt. Wer hat schon eine so wundervolle Frau! Allerdings war sie in letzter Zeit auf einem gewissen Gebiet etwas kühl. Vielleicht das Klimakterium? Auch das ginge vermutlich vorüber. Wie manches andere.

Ich war, wie gesagt, bereit zu kämpfen. Für meine Rechte und die meiner Kollegen. Aber gegen wen und mit welchen Methoden? Das lag noch vollständig im Dunkeln. Und von irgendeiner Strategie konnte in diesem Stadium selbstverständlich nicht die Rede sein. Doch der Entschluss, mich zu wehren, war zumindest ein Anfang. Wer aufgibt, hat bekanntlich schon verloren.

Tagsüber im Amt – ich bin Sachbearbeiter in einer Beihilfestelle – konnte ich die Pflichten, die man mir aufbürdete, kaum bewältigen. Ich ertrank Tag für Tag in der nie abreißenden Flut von teils fehlerhaften Anträgen, und kaum war ich dabei, einen Bescheid auszufertigen, klingelte das Telefon, und ich musste einen dieser hartnäckigen aufgebrachten Staatsdiener beschwichtigen. Eine langweilige und zugleich anstrengende Beschäftigung – jahraus, jahrein. Und die Pensionierung in weiter Ferne. Ein Nachsinnen über meinen Feldzug gegen einen noch unbekannten Feind kam während des Dienstes selbstverständlich nicht in Frage. Daheim nickte ich häufig schon über dem »Heute Journal« ein. Ich sah mich gezwungen, meine Hoffnung auf eine Erleuchtung am Wochenende zu setzen.

1. Kapitel

Vera hatte sich aus purer Rücksicht bereits am Freitag früh-
zeitig von mir verabschiedet, nachdem sie den Kühlschrank
mit allerhand tafelfertigen schmackhaften Gerichten bestückt
hatte. Ihre neue Freundin Cordula im Oldenburgischen freue
sich schon seit mindestens drei Monaten auf sie. Hinein mit
dem Trolley ins Auto, und weg war sie. Freie Bahn dem Pla-
ner!

Zunächst verordnete ich mir strengste Alkoholabstinenz – ich
brauchte einen klaren Kopf. Danach warf ich den Computer
an und schrieb ganz oben in die Mitte des neuen Dokuments
den zentralen Begriff »Gegner« in Fettdruck und unterstrich
ihn zusätzlich. Ich betrachtete das Schlüsselwort eine Weile
intensiv, jedoch ohne weitere Eingebungen und brühte mir
anschließend eine Tasse starken Kaffee auf. Dieser altbekannte
Trick wirkte Wunder.

Die Einfälle überschlugen sich nur so. Na ja, wenn ich die
Wahrheit sagen soll – nach ungefähr einer Stunde hatte ich
mehrere erfolgversprechende Kandidaten ermittelt und hielt
diese in folgender Liste fest:

1. Preisträger eines Wettbewerbs,
2. die restlichen Autoren eines Wettbewerbs, deren Texte
   man kostenlos veröffentlicht hatte,
3. Verleger, die die von Juroren für gut befundenen
   Texte des Wettbewerbs hatten drucken lassen,
4. die Juroren.

Zufrieden mit dem Ertrag dieses Tages speicherte ich die Liste,
fuhr den Computer herunter, genehmigte mir ein deftiges Gu-
lasch mit Spätzle und Rotkohl nach Hausfrauenart, trank ein

Bier dazu und war anschließend zu müde zum Nachdenken, was rein physiologisch mit dem Absacken des Blutes in den Bauchraum zwecks Verdauung zu erklären und deshalb ganz natürlich ist. Für eine Pilcher-Schmonzette (meine Frau blieb stur bei ihrer aus der Luft gegriffenen Behauptung, ich sei nur neidisch auf den phänomenalen Erfolg dieser Dame) reichte meine geistige Potenz gerade noch aus. Ich ging, sobald die beiden Paare erwartungsgemäß zueinandergefunden hatten, mit Tutnix, unserem Dackel, rund ums Viertel ein bisschen Gassi und danach ziemlich früh ins Bett.

Am Sonnabend sprang ich voller Tatendrang aus den Federn, so gegen 9. Um 10 rief ich die Liste auf – und schüttelte den Kopf über soviel Unvernunft. Was hatte mich da nur gestern geritten?

Zunächst löschte ich die Eintragung Nummer 1. Reiner Schwachsinn, die Preisträger eines Wettbewerbs als Gegner zu brandmarken. Sie sind allenfalls Konkurrenten, die im Normalfall nichts dafür können, wenn sie zu Siegern gekürt werden. Ihr Schuss ins Blaue hatte eben zufällig die Zielscheibe getroffen, sonst nichts.

Doch galt nicht dasselbe Argument auch für die sogenannten »restlichen« Autoren? Sie, die Minderbrüder und -schwestern, hatten doch genauso wie ich auf ihre Chance gelauert, und die launische Fortuna hatte ihnen gnädig ein Blümchen zugeworfen, das schon bald welken würde. Warum sie also bekämpfen? Das wäre ebenso grausam wie überflüssig. Deshalb weg mit ihnen!

Meine Liste schmolz bedenklich zusammen. Sollte ich die Idee, die mir gestern so brillant vorgekommen war, vielleicht doch lieber aufgeben, ehe ich mich verzettelte? Nein, nein und dreimal nein, ich würde die Flinte nicht ins Korn werfen! Das war ich mir schuldig. Also zu den Verlegern. Wie ich auf die verfallen war, muss ich erklären: Sie stellen manchmal Ignoranten ein, die zunächst in einer Jury tätig werden und danach die Autoren unter Druck setzen, an den Texten all das zu ändern, was ihnen als Lektoren missfallen hat. So war es mir bei dem einzigen Beitrag ergangen, der die Hürden eines drittklassigen Wettbewerbs überwunden hatte. Aber das Wörtchen »manchmal« bewies schon, dass die Verleger nicht generell unter die eindeutigen Gegner eingereiht werden durften.

Verleger, nur mit Einschränkung! lautete daher jetzt die entsprechende Zeile.

Erschöpft von der Anstrengung wärmte ich mir Veras Frühlingstopf, selbstverständlich kulturlos in der Mikrowelle, sonst wäre er mir sicher angebrannt, und legte mich danach für zwei Stunden aufs Ohr.

Den Rest des Tages verbrachte ich im Garten, den Rasen mähend, der schon wieder mächtig ins Kraut geschossen war, und hie und da einen Busch beschneidend, wenn er mir im Vorbeigehen als besonders verwildert ins Auge fiel. Den Computer mit der Liste mied ich, widmete mich am Abend lieber meinem treuen Hund und umfänglicher Zeitungslektüre – schließlich hielt ich mich noch immer für einen klugen Kopf. Leider schlief ich unerholsam, denn Vera hatte sich nicht gemeldet. Möglicherweise hatte ich das Telefon überhört.

Der Sonntag war verhangen und schwül. Kein Wetter, das den Tatendrang beflügelt. Trotzdem saß ich schon wieder tief in Gedanken am Schreibtisch. Meine Zweifel wuchsen mit jeder Minute, die ungenutzt verstrich. Gerade jetzt hätte ich Veras Rat so nötig gehabt. Ich fühlte mich unsicher und verlassen. Aber weil ich mich auf keinen Fall bei ihrer Heimkehr vor ihr blamieren wollte, öffnete ich schließlich doch diese verwünschte Gegner-Datei und kam wider Erwarten sehr schnell zu einem guten Ende mit dem ersten Teil meiner Planung.

Ich setzte die Juroren, auch die in Personalunion mit den Lektoren wirkenden, auf den Spitzenplatz, denn sie trugen mit Sicherheit die Verantwortung für alle Entscheidungen.

Die Verleger rückten auf die zweite und damit letzte Stelle.

Ich hatte das Gefühl, dieses Ergebnis sei ein wenig mager, aber ich beruhigte mich bei dem Gedanken, dass ich nach einem wissenschaftlich allgemein anerkannten Prinzip, nämlich dem Ausschlussverfahren, vorgegangen war, das seiner Natur nach nur *einen* »Sieger« herausfiltert.

Als meine Frau endlich eintrudelte, fand sie mich in aufgeräumter Stimmung vor. Das Haus bot leider einen weniger erfreulichen Anblick, was sie zum sofortigen Eingreifen zwang. Zwei Stunden später tauschten wir uns über die Ereignisse des Wochenendes aus. Meine fertige Liste legte ich ihr allerdings nicht vor. Besser, alles noch einmal zu überschlafen, ehe ich mich lächerlich machte. Vera wirkte entspannt, ja animiert, gab jedoch nur einen sehr summarischen Bericht von ihrer Reise. Genau betrachtet erfuhr ich eigentlich fast nichts von ihr, was über die Nachricht hinausging, ihre Freundin lasse sich, aus welchen Gründen auch immer, zum zweitenmal scheiden. Na ja, Frauen neigen bekanntlich dazu, sich tagelang in ein einziges Thema zu verbeißen. Aber man sollte besser nicht über diese vermeintliche Schwäche spotten, sondern sich lieber klarmachen, dass sie in manchen Lebenslagen auch durchaus nützlich, ja notwendig sein kann. Wie im vorliegenden Fall.

2. Kapitel

»Wunderbar, jetzt hast du eine feste Basis für deine Operationen!« befand meine Frau am Montag nach einer kurzen Diskussion über die bewusste Liste, »aber hast du schon eine Ahnung, wie du weiter vorgehen willst?«

Diese Frage hatte ich gefürchtet. Ich hatte den nächsten Schritt bisher nicht einmal ins Auge gefasst, geschweige denn durchgeplant.

»Weißt du, ich hatte mir eigentlich gedacht, dass ich …«, gab ich zögernd zur Antwort und verstummte, als ließe sich die Formulierung meiner Absichten nur unter äußersten Schwierigkeiten bewerkstelligen, weil sie dermaßen kompliziert wären.

»Ich verstehe«, sagte Vera, »es fällt dir schwer, die Waffen zu benennen, mit denen du deine Gegner treffen willst. Das spricht für deinen guten Charakter. Aber ich nehme an, es muss sein, oder?«

Ich nickte.

»Darf ich dir einen Rat geben? An deiner Stelle würde ich alle Möglichkeiten, die legalen und die weniger akzeptablen, um nicht zu sagen kriminellen, schlicht aufschreiben und danach erst irgendwie sinnvoll ordnen. Du bist doch um gute Ideen nie verlegen. Während du mit deiner Rache beschäftigt bist, werde ich erst Cordula anrufen und hinterher etwas Leckeres kochen. Du siehst nämlich aus, als hättest du drei Tage nichts Ordentliches in die Rippen gekriegt!«

Was für ein Glück, dass ich ihr begegnet war! Leider gehört Ausdauer nicht unbedingt zu meinen Stärken. Ich brauche einen, der mich nachhaltig antreibt. Oder besser: eine. Eine wie Vera.

Sie schwebte davon. Dass sie schon wieder mit ihrer Freundin reden musste, fand ich allerdings etwas übertrieben. Irritiert zog ich mich mit Tutnix ins Arbeitszimmer zurück.

Mein Hund schien mich zu inspirieren; denn jetzt gab es kein so quälendes Auswahlverfahren wie bei beim erstenmal. Aber vielleicht lag es auch an der völlig anderen Methode, für die ich mich entschieden hatte. Kein Knock-out-System, sondern das sogenannte Brainstorming, in das uns ein alterer Personalberater im Rahmen einer Fortbildungstagung zur »Steigerung der betrieblichen Effizienz« eingeweiht hatte. Man sammelt einfach alle spontanen Einfälle, also Geistesblitze, die die Mitarbeiter auf ein Stichwort hin von sich geben, und versucht, sie in eine vernünftige Reihenfolge zu bringen. Manchmal hätten sich auf diese Weise, so wird ohne Angabe von seriösen Quellen verbreitet, anstehende Probleme leichter lösen lassen.

Vera hatte vorhin mein Stichwort genannt: Waffen! Ich schrieb es auf ein neues Dokument, aber es missfiel mir, denn es hatte entschieden den Ruch des Militärischen, gegen das ich als Pazifist stets zu Felde gezogen war – verbal, versteht sich! Außerdem war der Zorn, der mich bei der Lektüre der »Ultima«-Absage beinahe umgeworfen hatte, im Laufe der Tage doch allmählich abgeflaut. Ich brauchte ein Stichwort, unter dem sich allerlei mühelos subsummieren ließe. Ganz in Gedanken streichelte ich Tutnix, der mich schon traurig angesehen hatte, weil er sich vernachlässigt fühlte, und ließ mir dabei einige Möglichkeiten durch den Kopf gehen. Dann ging mir ein Licht auf.

»Maßnahmen!« sagte ich laut ins Zimmer hinein, so laut, dass mein Hund sichtbar zusammenzuckte, »ja, Maßnahmen! Das ist es!«, und entfernte die Waffen, indem ich sie mit diesem vergleichsweise neutralen Begriff überschrieb. Jetzt war ich hellwach wie schon lange nicht mehr und voller Tatendrang.

Es ging wahrhaftig Schlag auf Schlag. Ich tippte hin, was mir gerade so in den Sinn kam. Ganz und gar spielerisch, ohne auch nur einen Gedanken an den Inhalt dessen zu verschwenden, was da auf dem Bildschirm sichtbar wurde. Ich muss zugeben, dass ich sogar stolz war auf die ansehnliche Zahl meiner Vorschläge, als handelte es sich um einen dieser Wettbewerbe, zu denen fortschrittliche Lehrer uns in der Unterstufe des Gymnasiums zwecks Auflockerung des Unterrichts ermuntert hatten.

Wie zu erwarten, hatte ich ein rechtes Sammelsurium zustande gebracht, das keinen Anspruch auf Vollständigkeit erheben konnte, aber dringend nach Ordnung verlangte. Ich entschied mich für eine Unterteilung in zwei Kategorien, nämlich in psychische und physische Maßnahmen, und zwar jeweils in aufsteigender Linie, also vom Milden zum Gewaltsamen, eine mühselige Angelegenheit, die mehrere Durchgänge erforderte.

Hier, um keine Langeweile zu verbreiten, nur in Auswahl das Endergebnis dieses Prozesses, das für den weiteren Ablauf des Geschehens von entscheidender Bedeutung sein sollte.

In der Kategorie der psychischen Maßnahmen hatte ich beispielsweise von anonymen Briefen über die Verteilung verleumderischer Flugblätter bis zur vollständigen Zerstörung der Persönlichkeit insgesamt zehn Möglichkeiten, in der Kategorie der physischen Maßnahmen beispielsweise das Zerkratzen von Autos, Beraubung und schlichten Mord aufgelistet – zufällig ebenfalls zehn Spielarten.

Als ich diese Aufstellung durchlas, befiel mich ein unbehagliches Gefühl. Glich sie nicht fatal den hinlänglich bekannten Handlungsanweisungen, mit deren Hilfe man in Diktaturen die Gegner des Regimes ruiniert?

Das ließ sich nicht leugnen. Doch Gedanken sind, auch juristisch betrachtet, keine Taten. Sonst müsste man ja mindestens

die halbe Menschheit einsperren, vor allem Kriminalschrift-
steller und ihre Leser, die sich an den geschilderten Scheuß-
lichkeiten delektieren, nicht wahr?

Diese Liste, so beruhigte ich mich, war bloß Teil eines zwar
etwas ungewöhnlichen, aber doch im Grunde harmlosen und
anregenden Experiments. Eine geistige Herausforderung, der
ich mich gestellt hatte, weil meine Ehefrau das von mir erwar-
tete. Ich konnte zufrieden sein mit mir und meiner Ausbeute.

Dass ich ausgezogen war, um mich zu rächen, hatte ich dabei
schon fast aus dem Blick verloren. Choleriker sind nun mal
so.

Vera dagegen war aus anderem Holz geschnitzt. Das bewies
sie jedoch erst am nächsten Tag, denn sie schlief schon, als ich
zu Bett ging.

3. Kapitel

Vera sah reizend aus am nächsten Morgen, erholt und bester
Stimmung, das registrierte ich immerhin, obwohl ich sehr in
Eile war, denn ich hatte mich noch rasieren müssen, was ich
gestern vor lauter Müdigkeit versäumt hatte.

»Na, bist du weitergekommen mit deiner Planung?« fragte
sie neugierig, und ich brummelte etwas Unverständliches, weil
ich noch an meinem Brötchen kaute. Sie lachte und wies mit
dem Daumen in Richtung Arbeitszimmer. Ich schluckte und
erlaubte ihr, in meinen Computer »einzubrechen«, wenn sie
es denn nicht bis zu meiner Rückkehr aushalten könne. Nach
meinem Kennwort brauchte sie nicht zu fragen. Es gab keine
Geheimnisse zwischen uns. Wir vertrauten einander voll und
ganz, wie es sich für ein Ehepaar gehört.

Den ganzen Tag über hatte ich ein mulmiges Gefühl im

Magen, so, als stünde mir eine schwierige Prüfung bevor. Wäre meine scharfsinnige Frau wohl mit dem Ertrag des gestrigen Abends zufrieden?

Sie empfing mich an der Haustür, umarmte und küsste mich innig und flüsterte mir ein begeistertes »Du bist genial« ins Ohr.

Nach dem Abendessen (Ich kann mich beim besten Willen nicht mehr daran erinnern, was sie gekocht hatte. Es war in diesem Augenblick für mich total unwichtig.), also nach dem Essen legte sie meine Liste der Maßnahmen, die sie ausgedruckt hatte, auf den Tisch.

»Das liest sich wie ein Auszug aus dem Strafgesetzbuch«, fasste sie ihren Eindruck zusammen. »Obwohl ich stundenlang darüber nachgedacht habe, fällt mir nichts ein, was du vergessen haben könntest.«

»Strafgesetzbuch? Interessanter Gedanke. Ich dachte eher an die STASI.«

»Natürlich! Du hast recht! Ich meine, darüber sollten wir aber nicht streiten. Doch ich frage mich, wie du diese Liste in die Tat umsetzen willst. Bestrafung der Schuldigen, das war schließlich, soweit ich mich erinnere, der Zweck der Übung. Für welche Maßnahmen wirst du dich entscheiden? Nur für die mildesten? Für jede zweite? Oder so, wie es dir gerade in den Kram passt? Nach welcher Regel geht man vor, wenn so viele Vorschläge auf dem Tisch liegen? Also, wenn du mich fragst, ich bin der Ansicht, dass du, um eine gewisse Streuung der Maßnahmen und Methoden zu erreichen und auch nicht erwischt zu werden ...« Hier machte sie eine wirkungsvolle Pause, um mein Interesse zu steigern, und spielte dann ihren Triumph aus: »Also, meiner Meinung nach müsstest du dir unbedingt Mitstreiter suchen. Das Risiko verteilen, allein schon wegen der Alibis, verstehst du?«

»Daran habe ich auch schon gedacht«, gab ich zur Antwort, »ich muss nur noch überlegen, wo ich die rekrutieren könnte.« Lieber Himmel, was war ich für ein Lügner – hatte ich doch bis jetzt die Umsetzung meiner Phantasien in Aktionen überhaupt nicht erwogen. Außerdem verfiel ich schon wieder gegen meinen Willen in diesen von Vera eingeführten militärischen Jargon, nur um mich vor ihr nicht lächerlich zu machen. Ich ärgerte mich, wollte aber auch nichts zurücknehmen. Schließlich bin ich kein Schwätzer, den niemand mehr ernst nimmt.

Mit diesem ungelösten Problem legte ich mich ins Bett neben meine Frau. Die schlief wie üblich, sobald sie den Kopf auf das Kissen gelegt hatte. Ich wälzte mich, wie mir schien, Stunde um Stunde herum, und unvermutet fand ich mich vor dem Eingang meiner Behörde wieder, im Kommandoton unaufhörlich »re-kru-tie-ren, re-kru-tie-ren, a-ber so-fort« brüllend. Ich stieg die Stufen hinauf und öffnete die Tür. Müller, der Pförtner, trat mir in den Weg, holte aus und schmetterte mir ohne Kommentar das schnurlose Telefon auf den Schädel. Mein eigener Schrei weckte mich. Ich hatte mir den Kopf am Bücherbrett gestoßen. Die dicke Beule verführte meine rohen Kollegen zwei Wochen lang zu unangemessenen Witzen.

Vera erkundigte sich täglich nach meinen Fortschritten in Sachen Mitstreiter, aber ich musste passen. Sie wirkte unzufrieden. Offensichtlich hatte ich sie enttäuscht.

Am Montag lag, als ich heimkam, ein offiziell wirkendes Kuvert auf meinem Schreibtisch. Eine leicht säuerliche Erinnerung meines Schriftstellerverbandes an die diesjährige dreitägige Mitgliederversammlung »mit geselligem Beisammensein«, zu der bisher nicht genügend Zusagen vorlägen. Die hatte ich tatsächlich total vergessen. Ein Fingerzeig des Himmels! Dort bekäme ich sicher reichlich Gelegenheit, nach Gleichgesinnten Ausschau zu halten.

Die Reaktion meiner Frau war überaus positiv. Sie tat so, als wäre nun alles bereits bestens geregelt, obwohl ich trotz meiner Erleichterung noch immer Bedenken hatte, mich vor den Kollegen zu »outen«, und sei es nur unter vier Augen. Vielleicht hielte man mich für übergeschnappt? Geistige Verwirrung solle doch bei Literaten gang und gäbe sein, wie man so hört. Aber davon wollte Vera nichts wissen. Ich solle gefälligst mit diesem Unsinn aufhören. Sonst müsste sie Cordula erzählen, wie ich mich benähme – wie ein Hasenfuß!

»Ach, schon wieder diese Freundin! Die scheint wohl neuerdings deine oberste Instanz in allen Lebenslagen zu sein. Wenn du sie so schätzt, kannst du ja gleich ganz zu ihr ziehen!« konterte ich postwendend in einer zornigen Aufwallung.

»Was fällt dir eigentlich ein? Soll ich vielleicht zu Hause herumsitzen, wenn du dich auf Tagungen amüsierst? Ich denke nicht dran!« Jetzt war sie entschieden wütend.

Ich hatte ins Fettnäpfchen getreten. Wie sollte ich das nur wieder gutmachen? Auf keinen Fall darauf hinweisen, dass *sie* mir ja die Suche nach Mitstreitern kürzlich so sehr ans Herz gelegt, ach, was sage ich, *befohlen* hatte. Verstehe einer diese Frauen! Sie sind wetterwendisch wie der April.

Ich müsste mir wohl irgendetwas ausdenken, um den Frieden vor unserer Abreise wiederherzustellen. Etwas Außergewöhnliches. Kein Allerweltsgeschenk wie Blumen oder Pralinen. Damit konnte man bei einer Frau wie Vera nur Verachtung ernten. Ein Schmuckstück vielleicht? Eins, das sie sich schon lange gewünscht hatte. In einem Pfandhaus wurde ich fündig.

Sie nahm den Ring mit dem funkelnden Brillanten, umrahmt von zwölf Rubinen, gnädig an, als ich ihr versicherte, er sei ohne Zweifel antik.

Zum Abschied gab sie mir folgenden Satz mit auf den Weg: »Ich hoffe, du hast Erfolg bei deinen Bemühungen!«– im Tonfall einer Lehrerin, die einen säumigen Schüler ermahnt, nun endlich voranzumachen.

4. Kapitel

Im kahlen Saal des Dreisterne-Hotels, das der Verband gemietet hatte, lief das normale Vereinsprogramm wie am Schnürchen ab: Rechenschaftsbericht, künftige Projekte, Vorträge, Lesungen und ähnliche weltbewegende Ereignisse – nichts, was eine Erwähnung wert wäre. Ich ließ alles über mich ergehen, langweilte mich unsäglich und wartete auf die gemeinsamen Mahlzeiten.

Einige der Teilnehmer kannte ich vom Ansehen, mit anderen wieder hatte ich schon früher ein paar Worte gewechselt. Literaten, die ihre Erzeugnisse wie eine Mauer um sich herum aufgebaut hatten, mied ich. Sie waren eitel und durchaus zufrieden, dass sie gegen Bares hatten veröffentlichen dürfen.

Ich hielt vielmehr Ausschau nach Kollegen mit deutlich heruntergezogenen Mundwinkeln; die wären vermutlich am ehesten bereit, ihre Enttäuschung über das Ende aller Träume von Ruhm und Geld in Taten umzusetzen.

Ein älterer Herr mit dunkelbraunem Toupet, als solches schon auf den ersten Blick erkennbar, schien ein vielversprechender Kandidat zu sein. Er redete ununterbrochen und fuchtelte hektisch mit den Armen. Ich setzte mich beim Mittagessen neben ihn. Es dauerte keine fünf Minuten, bis er seinen traurigen dichterischen Werdegang vor mir ausbreitete. Nur soviel davon: Er hatte nicht *einen* Text durchsetzen können, weder bei einem Verlag noch bei einem Wettbewerb. Als er einen

Moment nichts mehr zu sagen wusste, äußerte ich zunächst mein Mitgefühl und gab dann meine eigenen Erfahrungen zum besten, die er mit mäßigem Interesse zur Kenntnis nahm. Zwischendurch stärkten wir uns – das Menu glich in Qualität und Menge fatal einem Mensa-Mahl und soll deshalb nicht weiter beschrieben werden.

Nach dem Abendessen zogen wir uns, mein neuer Bekannter B und ich, in eine stille Ecke des sogenannten Foyers zurück. Jetzt schien es mir angezeigt, ein bisschen deutlicher zu werden. Ich fragte ihn geradeheraus, was er denn gegen seine Misere zu tun gedenke. Er zuckte mit den Schultern. Resignation, so befand ich, sei ja wohl nicht unbedingt die beste Antwort auf derartige himmelschreiende Ungerechtigkeiten. Schriftsteller seien doch kein Vieh, das sich zur Schlachtbank führen lasse. Man müsse sich wehren.

»Und wie?« fragte er mutlos.

»Wir müssen uns zusammenschließen und gegen die vorgehen, die uns das antun!« sagte ich beschwörend und holte meine beiden Listen heraus. Jetzt entschied sich, ob er als Mitstreiter geeignet wäre.

Er wiegte den Kopf zweifelnd hin und her und bestand darauf, meine Vorschläge bis zum nächsten Morgen sorgfältig zu überdenken. Warum nicht?

Beim Frühstück hatte sich seine Miene aufgehellt. Er bot mir die Hand und sagte mit einem Anflug von Humor: »Ich bin dabei! Topp, die Wette gilt!« Und bevor wir heimreisten, deutete er an, dass er vielleicht einen weiteren Autor für unsere Idee begeistern könnte. Ich solle nur abwarten, bis sich etwas in dieser Richtung täte.

Frohgelaunt öffnete ich am Abend die Haustür – und traf auf eine in Tränen schwimmende Ehefrau.

»Der Ring ist verschwunden, der wunderschöne Ring, den du mir geschenkt hast!« stieß sie schluchzend hervor. »Ich habe ihn vor dem Händewaschen in der Autobahnraststätte ausgezogen und in der Eile dann wohl liegengelassen. Natürlich hat ihn keiner abgegeben. Die Frau am Telefon konnte es gar nicht fassen, dass ich überhaupt danach gefragt habe. Es tut mir so leid!«

Hätte ich sie nun in die Arme schließen und trösten sollen, wo sie mit meinem kostbaren Geschenk dermaßen gleichgültig und lieblos umgegangen war? Oh nein, da hatte sie sich verrechnet!

Meinen Erfolg bei der Rekrutierung erfasste sie wegen ihres Kummers über den Verlust nur am Rande, und ich war ziemlich frustriert, weil ich mich doch so mächtig ins Zeug gelegt hatte.

Einige Tage später rief Bs Freund an. Ich schlug ein Treffen an einem neutralen, möglichst belebten Ort vor, denn schließlich mussten wir auf äußerste Diskretion achten.

Wir trafen uns im Frankfurter Hauptbahnhof zur abendlichen Stoßzeit. In einem der proppenvollen Restaurants mit Selbstbedienung, in denen keine Serviererin uns wiedererkennen könnte. Er, also C, trug kein Toupet, sondern eine prächtige silbergraue Mähne, war ehemals Architekt und jetzt als Rentner schriftstellerisch tätig (Texte aller Art, *mit Tiefgang*, wie er betonte), konnte deshalb frei über seine Zeit verfügen, eine besondere Empfehlung für unsere Zwecke. B hatte ihn schon in großen Zügen über die wesentlichen Grundlagen unserer geplanten Vereinigung informiert. Er überflog meine Listen, nickte beifällig und sagte: »Ich bin durchaus Ihrer Auffassung, dass man etwas tun muss gegen diese Diskriminierung der geistigen oder, genauer, künstlerischen Tätigkeit. Betrachten

Sie mich als Mäzen. Ich kann es mir leisten. Über die genauen Bedingungen werden wir uns sicher noch verständigen. Ich habe ein abgelegenes Jagdhaus im Taunus. Dort könnten wir uns bei Bedarf ungestört treffen.«

Wir trennten uns in bestem Einvernehmen.

Sollten diese beiden Mitstreiter genügen? Meine diesbezüglichen Zweifel teilte ich meiner Frau nicht mit. Sie versuchte bekanntlich, mir ihre eigenen Vorstellungen schmackhaft zu machen, und ich hätte dann wieder meine liebe Not, mich ihnen zu entziehen. Eigentlich hatte sie den Lauf der Dinge schon jetzt über Gebühr beeinflusst. Wer war denn der Betroffene, sie oder ich? Na also!

Kurz danach wurden diese Zweifel durch die Ereignisse beseitigt.

Gelegentlich, wenn es meine Zeit zuließ, besuchte ich die sogenannten »Dichterlesungen« in unserer Kleinstadt. Meistens konnte von »dichten« keine Rede sein. Trotzdem hielt ich es für nützlich, mich darüber zu informieren, was im Augenblick in der literarischen Szene gerade besonders angesagt war und daher auch gedruckt wurde.

Diesmal war eine hübsche junge Dame an der Reihe, die sich in Form eines fiktiven Tagebuchs in allerlei sexuelle Krisen verwickelt sah und sich lang und breit über ihre nachfolgenden Seelenqualen ausließ. Eine uninteressante Abfolge von Episödchen in simpelster Umgangssprache, außerdem noch unprofessionell gelesen. Trotzdem gab es zur Pause bereits lebhaften Beifall. Ich rührte keine Hand, nahm auch vom Kauf des Bändchens Abstand, nicht nur, weil es überteuert schien. Meine Nachbarin zur Linken, eine Endfünfzigerin mit energischem Kinn und kräftigen Oberarmen, die ebenfalls sitzengeblieben war, beugte sich zu mir herüber und sagte ungeniert laut: »Was für ein dummes Zeug heute gedruckt und gekauft wird, nicht zu fassen! Die Leute wissen gar nicht mehr, was wirkliche Qualität bedeutet. Und die Verleger denken nur an den Gewinn! Hergott, Bücher sind doch keine Kartoffeln! Oder sehen Sie das anders?« Ich lud sie auf ein Bier in die nächste Kneipe ein. Sie stimmte freudig zu. Es blieb nicht bei dem einen Halben. Wir verstanden uns sofort, weil sie in haargenau derselben Lage war wie ich. Texte, die niemand drucken wollte. Obwohl sie sich für jeden noch so unbedeutenden Wettbewerb die Finger wund schrieb. Tagsüber war sie als Krankenschwester tätig, abends verfasste sie regional gebundene Kriminalgeschichten, wie sie seit einigen Jahren den Markt überschwemmen. (Eifelkrimis, Rheinlandkrimis, Wendlandkrimis … Nur Taunuskrimis, die gab es, soviel ich wusste, noch nicht. Ob das die Nische wäre, in die man …) Sie hatte nach dem frühen Tod ihres Mannes nicht wieder geheiratet.

Ich war mir sicher: Sie würde die Vierte im Bunde. Vier wären wahrscheinlich genug, wenigstens vorerst.

Wir tranken noch zweimal das leckere Pils im »Treffpunkt«, dann hatte ich sie soweit. Sie erklärte sich einverstanden, unserer Vereinigung beizutreten.

Wäre es jetzt nicht angebracht, die faden Anfangsbuchstaben gegen richtige Code-Namen auszutauschen?

Ich entschied mich, die Zustimmung der Mitstreiter voraussetzend, für Arno und Bert und Carl und Dora.

»Männer sind große Kinder«, sagte Vera immer und lag damit wohl nicht ganz daneben. Als Junge hatte ich auch schon besonders gern »Räuber und Gendarm« gespielt.

Ich teilte ihr diesmal lediglich mit, dass unsere Einsatztruppe nun vollständig sei. Die Tarnnamen behielt ich natürlich für mich. Sie hätte sie womöglich dieser Cordula verraten! Und die … Nein, das konnte ich nicht riskieren.

5. Kapitel

»Stell dir vor, meine Freundin und ich, wir werden uns in Zukunft viel öfter sehen. Ich ziehe zwar nicht zu ihr, wie du vorgeschlagen hast, aber sie in meine Nähe. Nach Frankfurt. Sie nimmt sich jedesmal nach der Scheidung eine neue Wohnung möglichst weit weg von ihrem Verflossenen«, verkündete meine Ehefrau frohlockend.

Was hätte ich darauf antworten können als »Aha«, wo ich mit meinen Gedanken doch bei etwas ganz anderem war? Bei dem ersten Treffen der Verschwörer nämlich.

Das sollte in drei Tagen stattfinden, nahe Idstein, und ich als Initiator – oder sollte ich besser Anstifter sagen? – musste doch jede Einzelheit genau planen. Vera setzte sich übrigens rechtzeitig ab, um ihrer geliebten Cordula beim Umzug zu helfen.

Ich geriet in einen Stau und traf als letzter am Jagdhaus ein. Gar nicht übel, auf diese Weise hätten die drei Mitstreiter schon Gelegenheit gehabt, sich bekanntzumachen. Als ich die Tür öffnete, war bereits eine lebhafte Unterhaltung im Gange. Curt, der Hausherr, hatte sich nicht lumpen lassen und tüchtig aufgefahren: Getränke jeder Art und Platten mit Partyhäppchen, die sich sehen lassen konnten. Er begrüßte mich und ergriff gleich das Wort. Ob alle einverstanden seien, wenn wir jetzt mit der konstituierenden Sitzung anfingen, obwohl nicht jeder schon mit essen fertig sei. Kein Widerspruch. Wie er das sähe, müsse man wohl zuerst eine Art Satzung aufstellen, oder? Alle nickten.

Ich jedoch wollte mir das Heft nicht aus der Hand nehmen lassen und schlug vor, jeder müsse zunächst mit dem Geheimnamen bekanntgemacht werden, den ich mir ausgedacht hätte, und die Gelegenheit erhalten, einen anderen zu wählen, falls er nicht gefiele. Kopfnicken auf allen Stühlen. Nur Carl war nicht zufrieden mit meiner Wahl, er wollte lieber Curd genannt werden, Curd mit C am Anfang und am Ende mit d – wie der Filmstar Jürgens. Also Arno, Bert, Curd und Dora. Wunderbar!

Über Sinn und Zweck unserer Vereinigung war bereits alles gesagt.

Unsere Satzung war unkompliziert: Tagesordnung nach Bedarf, alle Beschlüsse mit einfacher Mehrheit, bei Patt-Situationen Änderung des Vorschlags. Äußerungen in Form des freien Gesprächs, also ungelenkt. Aus und Schluss.

Dann ging es endlich um die Einzelheiten. Auf Anregung von Bert wurde die Liste der Gegner um die Lektoren erweitert. Daran hätte ich unbedingt früher denken müssen. Manchmal bin ich regelrecht begriffsstutzig.

Anschließend wurden die Verleger, weil sie zweifelhafte Kandidaten waren, ohne weitere Aussprache kurzerhand eliminiert.

Meine Liste war das nun nicht mehr, diese Tatsache musste ich schlucken. Waren eigentlich auch zu erwarten gewesen, diese Änderungen. Ich bin, was ich manchmal vergesse, eben *doch* nicht unfehlbar.

»Und wer genau soll die Ehre haben, unser Gegner zu sein?« fragte Dora plötzlich in einem Anflug von Humor und eröffnete damit eine hitzige Diskussion.

Wir einigten uns schließlich auf folgende Definition, die schriftlich festgehalten wurde: *Ein Gegner veröffentlicht Texte, die unserer Meinung nach kein ausreichendes Niveau haben.* (Damit wären Publikationen automatisch ausgeschlossen, die einen unserer Texte enthielten.) Wir erklärten uns also zu Richtern über die literarische Qualität, genauso übrigens wie die Juroren und Lektoren, nur auf der anderen Seite der Barriere. Es fiel uns nicht auf.

Bert, der den Dingen gerne auf den Grund ging, warf nun einen Gedanken in die Debatte, der mir auch schon durch den Kopf geschossen war, doch hatte ich ihn, sträfliche Nachlässigkeit!, nicht weiter verfolgt. Bei den Lektoren sei die Sache klar, meinte er, doch bei den Juroren? Woher wüssten wir denn, ob nicht einer von ihnen ein von der Mehrheit abweichendes Urteil gefällt habe und deshalb also unschuldig sei?

Damit hatte er zielsicher den Knackpunkt unseres Vorhabens entdeckt. Betretenes Schweigen, bis Dora den Finger hob und entschlossen verkündete: »Selbst wenn gelegentlich mal einer von ihnen aus der Reihe getanzt sein sollte – das ist doch mit Sicherheit nicht jedesmal passiert! Sie sind in meinen Augen *alle* schuldig!«

»Sie hat recht!« sagte Curd nach einem Augenblick intensiven Nachdenkens und niemand wandte etwas dagegen ein. Diese Klippe war also glücklich umschifft. Ich ließ mir meine Erleichterung nicht anmerken.

»Haben wir noch etwas Wichtiges vergessen?« fragte ich zum Schluss in die Runde.

»Klar«, reagierte Dora sofort, »wir brauchen einen Namen!«

Allgemeine Verblüffung, gefolgt von den sonderbarsten Vorschlägen, die mit Gelächter quittiert wurden. Die Rächer? Django-Quartett? Juroren-Killer? Die Viererbande? Nach einigem Hin und Her machte Berts Einfall das Rennen. Cosa Nostra, das gefiel allen.

Wie können Erwachsene nur dermaßen albern sein?

Wir hoben unsere Gläser auf gutes Gelingen, nachdem jeder den Auftrag erhalten hatte, bis zum nächsten Treffen in zwei Wochen ein Opfer auszuwählen und entsprechendes Material zur Begutachtung mitzubringen.

Kontakte in der Zwischenzeit sollten aus Gründen der strikten Geheimhaltung möglichst unterbleiben, in Notfällen jedoch ausschließlich über eine Telefonzelle erfolgen.

Die Verabschiedung war herzlich. Wir waren bereits zum Du übergegangen.

Als ich im Mondlicht auf den gewundenen steilen Sträßchen des Taunus nach Hause fuhr, begriff ich, dass ich soeben wahrhaftig der Gründung einer kriminellen Vereinigung beigewohnt hatte. Ein im ersten Zorn hervorgebrachter Gedanke hatte eine gefährliche Eigendynamik entwickelt, die ich nicht mehr steuern konnte. Aber noch war ja nichts *geschehen*, was man als illegal hätte bezeichnen können. »Alles nur ein Planspiel, sonst nichts!« beruhigte ich mich selbst. Wahrscheinlich ging es den anderen ähnlich.

Vera war nicht daheim, obwohl es schon spät war. Ich kochte mir eine dieser viel zu salzigen, ordinären Tütensuppen, unter der Marke »Oma's Schmaus« angeboten, die bei uns neuerdings zuhauf im Küchenschrank lagen, und ging zu Bett.

Kaum war ich eingeschlafen, klingelte das Telefon. Vera teilte mir mit, dass sie ihrer Freundin beistehen müsse, die an heftigem Erbrechen litte. »Ach, die Arme! Dann spiel mal die barmherzige Samariterin!« sagte ich süffisant. Vermutlich hatten beide nur zuviel getrunken. Mir war das allmählich schon ganz egal.

6. Kapitel

Die nächsten zwei Wochen verliefen in ermüdender Einförmigkeit. Morgens hetzte ich ins Büro, wimmelte Antragsteller ab, die sich ungerecht behandelt fühlten, und focht mich mit meinem uneinsichtigen Chef über die Auslegung von Vorschriften herum, natürlich vergeblich, und abends befasste ich mich trotz meiner Erschöpfung mit all den schönen Büchlein, die ich im Laufe meiner Wettbewerbskarriere gekauft hatte, und ärgerte mich über die Glücklichen, deren Geschichten statt meiner eigenen veröffentlicht worden waren. Nur sehr wenige genügten meinen Ansprüchen, meistens nicht die preisgekrönten, während unter den nicht prämiierten, wie erstaunlich, doch manches akzeptable Stück zu finden war. Ein Kinderspiel, auch die Juroren, Lektoren oder nicht, ausfindig zu machen. Ihr Konterfei prangte meist mit vollem Namen im Anhang oder wenigstens in der Ausschreibung, die ich in weiser Voraussicht in den jeweiligen Umschlag geklebt hatte – als hätte der Gedanke an ein Bündnis wie Cosa Nostra schon lange in mir geschlummert und nur darauf gewartet, ans Licht zu treten.

Die Auswahl des Kandidaten für meine persönliche Rache fiel mir nicht leicht, aber endlich hatte ich mich entschieden. Für eine noch recht ansehnliche Dame mittleren Alters, deren Namen zu nennen hier aus nachvollziehbaren Gründen nicht angebracht ist. Sie war Verlags-Lektorin. Ausgerechnet! Beinahe wäre sie also unter den Tisch gefallen! Per Computer ermittelte ich ihre Adresse und Telefonnummer und war nun für das zweite Treffen gerüstet.

Diesmal würde es kein Vorgeplänkel, sondern eine richtige Arbeitstagung werden, und deshalb hatten wir eine Übernachtung eingeplant. Vera nahm meine diesbezügliche Ankündigung gleichmütig hin – sie sei total ausgelastet mit der Unterstützungsaktion bei Cordula. Auch gut! Weit war es mit uns gekommen! Wer schuld daran war, konnte ich jetzt nicht entscheiden. Vielleicht beide – wie im Normalfall?

Wieder hatte ich mich verspätet, aber auch die anderen waren vom Schnee aufgehalten worden – eine fast lebensgefährliche

Rutschpartie auf den nicht geräumten Nebenstraßen. Es dauerte, bis alle eingetroffen waren.

Im Kamin prasselte ein Feuer, und Curd, der perfekte Gastgeber, hielt für die Hungrigen eine deftige Erbsensuppe bereit, nicht aus der Dose natürlich. Er verstand es wirklich, eine gemütliche Atmosphäre herzustellen. Alle schienen sich wohl zu fühlen.

Jedoch nur, bis wir uns mit dem heutigen Thema, unseren persönlichen Gegnern, befassten. Es stellte sich heraus, dass nur ich und Dora unsere Hausaufgaben vollständig erledigt hatten. Die einzige Frau in unserer Runde hatte sich, wie zu erwarten, einen der wenigen Männer ausgesucht, die zur Verfügung standen, einen Studienrat.

»Aha, sie kann Lehrer wohl nicht ausstehen!« frozzelte Curd, »möchte bloß mal wissen, warum!« Alle lachten.

Bert und Curd waren an der Fülle der Möglichkeiten gescheitert.

Sie hatten sich nicht für einen Kandidaten entscheiden können.

Wenn die Aktion nicht jetzt schon ins Stocken geraten sollte, waren wir anderen gezwungen einzugreifen. Die beiden mussten ihre Favoriten nennen – Bert schwankte zwischen dreien und Curd hatte zwei – und es dauerte mehr als eine Stunde, bis sie sich unter sanftem Druck der Gruppe zu einem Entschluss durchgerungen hatten. Bert wählte endlich eine bekannte Schauspielerin (niemand verstand, weshalb man sie in die Jury berufen hatte), und Curd einen bullig wirkenden Journalisten.

Nach dieser Runde war alle so erschöpft, dass ich als Lockerungsübung vorschlug, jeder solle die Geschichte vorlesen, die ihm bei seinen Recherchen als die schlechteste aufgefallen war.

Wir hatten eine Menge Spaß dabei. Nicht zu fassen, auf welche verstiegenen Ideen Autoren so kommen! Eine Gewinnerin ließ sich beispielsweise sage und schreibe fünf Seiten lang in nur unwesentlichen Variationen über ihr Herzklopfen beim ersten »Date« mit einem Jüngling aus und war dafür tatsächlich mit dem dritten Preis bedacht worden. Den meisten spöttischen Beifall erhielt das Produkt eines – laut Lebenslauf – Fußballprofis, der in kurzen Hauptsätzen schilderte, wie er in einer fremden Wohnung ein behindertes Mädchen kennenlernt. Sein Wortschatz hatte etwa den Umfang, über den ein Zweitklässler verfügen sollte.

In einer kurzen Laudatio wurde gerade diese stilistische Eigenart als besonders zeitgemäß und kunstvoll (Methode der Aussparung!) hervorgehoben und damit der Gewinn des gut dotierten ersten Preises begründet.

Vermutungen, die Juroren seien entweder bei der Auswahl betrunken oder bekifft gewesen, oder hier hätte es sich trotz der Anonymisierung der Texte um Schiebung gehandelt, wurden von Bert entschieden zurückgewiesen. Der Geschmack der Richter sei bloß, wie man heute sage, grottenschlecht. Auf diesen gemeinsamen Nenner konnten sich die Anwesenden irgendwann einigen, ehe der Abend in eine ziemlich feuchte Party mündete.

Nach dem üppigen Frühstück auf englische Art begann die Aussprache über die anzuwendenden Methoden. Hier kamen die verschiedenen Charaktere der Verschworenen klar zum Vorschein. Dora war eindeutig die Aggressivste. Sie wollte von Anfang an zu harten Methoden greifen, in beiden Kategorien, die sie miteinander zu verknüpfen beabsichtigte: Zerstörung der Persönlichkeit mit nachfolgendem Selbstmord.

»Nur keine lange Ouvertüre, sondern gleich zur Sache, Schätzchen«, sagte sie reichlich zweideutig, »ich will doch nicht den Rest meines Lebens mit einer solchen Beschäftigung verbringen. Ruck, zuck, und aus! Wenn Ihr länger braucht, kann ich mir gerne noch ein zweites Opfer aussuchen.«

Mir verschlug es vor Verwunderung, um nicht zu sagen Entsetzen, die Sprache. Diese Frau war Krankenschwester! Aber offenbar muss man dafür nicht sanft sein wie ein Lämmchen.

Wer ihr in die Hände fiel, hatte bestimmt nichts zu lachen.

Curd, der Gentleman, wählte wie der zögerliche Bert verhältnismäßig moderate Lösungen wie das Zerkratzen von Autos und verleumderische anonyme Flugblätter. Und ich, Arno, begnügte mich mit Stalking, das doch einen Strauß von unterschiedlichsten Möglichkeiten bietet.

Nach einem fürstlichen Mittagsmahl, unter anderem Lammbraten aus dem Römertopf, von Hobbykoch Curd aufs Sorgsamste zubereitet, fuhren wir in die verschiedensten Richtungen davon. Wegen der umfangreichen Vorbereitungen war das dritte Treffen erst in sechs Wochen angesetzt worden.

Mir wurde allmählich angst und bange. Was hatte ich Bruder Leichtfuß da eigentlich losgetreten?

7. Kapitel

Für den, der es noch nicht bemerkt hat: Ich bin ein Pedant. Nicht nur im Beruf. Daher liebe ich Listen. Sie sind der Extrakt längerer Denkvorgänge und als solcher übersichtlich und leicht durch Streichen oder Hinzufügen einzelner Unterposten auf den neuesten Stand zu bringen.

Aus diesem Grund beschäftigte ich mich nach meiner Rückkehr noch einmal mit der Aufstellung einer Tabelle zum Thema »Stalking« oder, auf deutsch, damit jeder gleich weiß, was gemeint ist, »Nachstellung« oder auch »Belästigung«. Überhaupt kein Problem, denn die Zeitungen berichteten gerade ausführlich über solche Verfolgungen, weil die Regierung plante, sie als spezielles Delikt strafrechtlich ahnden zu lassen. Das schreckte mich keineswegs, denn ich hatte nicht vor, erwischt zu werden. Wie sollten sie auch auf mich verfallen, wo ich doch in keiner der üblichen, nämlich persönlichen Beziehungen zu meinem Opfer stand?

Ich will nicht unterschlagen, dass ich die ganze Sache mittlerweile doch recht skeptisch beurteilte, aber dem, was man Gruppendruck nennt, war ich nicht gewachsen. Außerdem – Freunde mit derart ähnlichen Erfahrungen und Überzeugungen wirft man nicht leichten Herzens über Bord, sondern hegt und pflegt sie und sorgt dafür, dass Konflikte vermieden werden.

Größeres Kopfzerbrechen bereitete mir die Entscheidung, welche Art von Belästigung eine unbekannte Person am meisten beeinträchtigt. Doch irgendwo musste ich schließlich anfangen. Ich nahm zunächst der Einfachheit halber an, dass Maßnahmen, die keine direkte Begegnung mit dem Stalker voraussetzen, für das Opfer noch am leichtesten zu ertragen sind. Deshalb wollte ich mit Liebesbriefen beginnen und mich anschließend mit ständigen Anrufen bemerkbar machen. »Unerklärliche Vorfälle« sollten als nächstes auf meinem Programm stehen. Welche ich in Szene setzen würde, hinge von der Reaktion der bewussten Person ab, die für mich ab sofort Beate hieß, weil sie so aussah, wie ich mir eine Beate vorstelle. Ob ich dann auch noch zu den gewaltsamen Mitteln greifen müsste, um es meinen Mitstreitern recht zu machen, war höchst ungewiss – denn dass es mir nur noch um deren Anerkennung ging, wurde mir selbst erst nach und nach während der Beschäftigung mit der neuen Liste klar.

Um die erste, für mich als ziemlich nüchtern-sachlichen Mann vermutlich sehr heikle Aufgabe zu bewältigen, nahm ich eine Woche Urlaub. Dann schrieb ich zehn Liebesbriefe in Serie, erst recht verhalten, dann immer glühender, bis zur Soft-Pornographie, was mir eigentlich gegen den Strich ging. Aber das war wegen der Glaubwürdigkeit nötig, wie ich annahm. Etwas überraschte mich: Die zuerst lästige Pflicht ging mir erstaunlich leicht von der Hand – eine neue literarische Herausforderung.

Selbstverständlich schrieb ich alles auf dem Computer, die Umschläge trugen natürlich keinen Absender, und die Unterschrift auf den Briefbögen war erfunden, aber stets die gleiche. Ausgezeichnet, dass die Post schon zu dieser Zeit nur noch die Nummer des Briefzentrums auf die Marke stempelte, das erschwerte die Identifizierung von Stalkern erheblich. Gegebenenfalls konnte ich ja auch ein wenig in der Gegend herumfahren und die Umschläge mit der getürkten Leidenschaft irgendwo möglichst weit weg von meinem Wohnort in den Kasten werfen, anfangs zwei pro Woche und danach immer öfter bis zum täglichen Lobgesang. Das würde die Dame schon ganz schön ins Schwitzen bringen, da war ich absolut sicher. Eigentlich war das noch ein ziemlich harmloser Spaß, fand ich, ungefähr so wie »Klingelmännchen« an fremden Haustüren, nur auf höherem Niveau und mit dem Unterschied, dass ich leider nicht mitkriegen konnte, wie das Opfer sich – hoffentlich – aufregte. Diese erste Belästigungsstufe dauerte rund zwei Wochen.

Anschließend musste ich das Tempo ein wenig erhöhen, weil das dritte Treffen der Verschwörer bedenklich näherrückte.

Nun zur Umsetzung der zweiten Stufe. Telefon*terror*. Mein Gott, wie sich das anhört! So nach Sprengstoff und Attentätern! Davon konnte zumindest beim ersten Mal keine Rede sein.

In der Telefonzelle wählte ich Beates Privatnummer und wartete. Endloses Getute und irgendwann ein leeres Klicken. Sie war nicht zu Hause. Beim nachfolgenden Rundgang durch die Altstadt normalisierte sich meine Pulsfrequenz allmählich, um beim neuerlichen Versuch wieder anzusteigen. Diesmal meldete sie sich. Ich stotterte etwas von »falsch verbunden« und legte auf. Sie hatte eine angenehme Stimme, weder schrill noch belegt vom vielen Rauchen. Weiblich, sehr weiblich.

Am nächsten Tag, (Vera übernachtete wieder bei ihrer Freundin – wir sahen uns nur noch gelegentlich) rief ich gegen Mitternacht an und nannte meinen Falschnamen, wobei ich mich bemühte, meine Stimme so weit wie möglich herunterzuschrauben. »Ach, Sie sind der Kerl, der mir diese Briefe schreibt! Lassen Sie mich gefälligst in Ruhe!« fauchte sie in den Hörer und knallte ihn auf die Gabel. Womöglich hatte ich sie geweckt? Ausgezeichnet!

Dieses Spielchen wiederholte sich in unterschiedlichen Abständen und zu verschiedenen Zeiten. Außer den ersten beiden Sätzen konnte ich ihr jedoch nur noch ein zorniges »Idiot« entlocken. Sie war hörbar genervt von meinen Anrufen. Vielleicht wäre es besser, nun eine längere Pause einzulegen, weil das die Erwartungsangst steigern würde? Nicht übel!

Mein Jagdinstinkt war erwacht. Das Wild schweißte bereits, und ich musste es verfolgen. Dass ich mein gemeines Verhalten mit diesen Metaphern lediglich beschönigte, wusste ich trotzdem genau, eine Erkenntnis, die mich jedoch nicht an weiteren Taten oder genauer Untaten hinderte.

Da bisher alles wie nach einem Agenten-Lehrbuch gelaufen war, wurde ich übermütig und beschloss, Beate nun auf den Leib zu rücken. Ich mietete einen Golf in auffälligem Lila und postierte mich am Ostersonntag vor ihrem Haus. Sehr gepflegt, sechs Klingelschilder, vielleicht Eigentumswohnungen. Einmal hatte sie ein paar Augenblicke oben am Fenster gestanden und heruntergeschaut. Hoffentlich war ihr nicht entgangen, dass vor ihrer Tür ein fremdes Auto parkte, in dem ein Mann mit Schnauzbart und Baseball-Kappe auf irgendetwas oder irgendjemand, möglicherweise sogar auf sie, wartete. Nach drei Stunden fuhr ich davon und hätte, euphorisch, wie ich war, beinahe einen Auffahrunfall verursacht.

Um die besten Möglichkeiten für die künftigen »unerklärlichen Vorfälle« auszukundschaften, hielt ich es für nötig, auch Beates berufliches Umfeld, d. h. ihren Arbeitsplatz kennenzulernen. Auf Bart und Kappe verzichtete ich diesmal, kleidete mich bürgerlich und fuhr mit der Bahn. Erstens zur Tarnung und zweitens, weil der Verlag in der Nähe des Bahnhofs in einem Hochhaus residierte.

Ich betrachtete die zahlreichen Messingschilder. Aha, Brunnen Verlag, 2. Stock.

Und dann ritt mich der Teufel. Was ich in der großzügigen Halle eigentlich wollte? Vermutlich die Atmosphäre erkunden oder etwas ähnlich Nebuloses.

Der nächste Schritt in die Drehtür sollte mein Leben verändern.

8. Kapitel

Seit meiner frühesten Kindheit habe ich eine tiefe Abneigung gegen Drehtüren. Sie sind mir unheimlich, machen mir Angst. Warum ich damals dieses gefährliche Ding benutzt habe, obwohl es einen ganz normalen Eingang direkt daneben gab, weiß ich nicht. Und ich weiß auch nicht, weshalb ich eigentlich gestürzt bin. Jedenfalls lag ich auf einmal da, an beiden Knien eingeklemmt zwischen den nun stillstehenden gläsernen

Wänden – hilflos wie ein auf den Rücken gefallener Käfer. Schmerzen spürte ich nicht und versuchte daher mit aller Kraft, mich aus meiner Zwangslage zu befreien. Umsonst. Keinerlei Bewegung, nicht einen Millimeter. Der Pförtner telefonierte endlos in seiner Loge, beachtete mich nicht. Außer ihm keine Menschenseele zu sehen. Wohl alle in der Mittagspause.

Plötzlich sagte hinter mir eine Stimme erschrocken: »Himmel, was machen Sie denn für Sachen?« Zwei Hände griffen unter meinen Armen hindurch und verschränkten sich vor meiner Brust – ein Ruck, und ich war erlöst.

Ich drehte mich um, ein bisschen mühsam noch, denn meine Knie hatten doch etwas abbekommen, und sah direkt in Beates Gesicht. Sie war viel attraktiver als auf dem Foto. Bei weitem!

Eine sonderbare Befangenheit lähmte mich. »Wieso können Sie, also … woher …?« stotterte ich zum zweitenmal unbeholfen, und sie antwortete ernsthaft: »Ich habe meinen Vater jahrelang gepflegt, da lernt man das.« Dann erkundigte sie sich, ob ich etwas trinken wolle auf den Schreck. Ich zögerte absichtlich ein bisschen mit meiner Antwort, als wäre ich noch geschockt von dem Sturz – eine solche Gelegenheit konnte ich doch nicht ungenutzt verstreichen lassen – und sagte bescheiden: »Eine Tasse Kaffee vielleicht, die täte mir jetzt bestimmt gut!«

Und wahrhaftig, sie fuhr mit mir hinauf in ihr Büro, und ich bekam meinen Kaffee und ein paar Kekse. Natürlich beeilte ich mich nicht sonderlich mit dem kochendheißen Getränk, und da wir uns ja nicht die ganze Zeit anschweigen konnten, sprachen wir über dies und das, beispielsweise auch darüber, was ich denn hier gewollt hätte. Na, meine Kurzgeschichten anbieten! Das täte ihr aber leid, sie verlegten nur Romane und Erzählungen. Trotzdem könnte ich ihr ja gerne mal ein paar Beispiele schicken. Ganz unverbindlich. Persönlich an sie adressiert. Dann würde man weitersehen.

So beschwingt wie nach dieser halben Stunde mit Beate bin ich noch nie heimgefahren. Vera, die zufällig mal da war, wunderte sich sehr. Ich erzählte ihr von meinem Unfall, zeigte zum Beweis auch meine Blutergüsse an den Knien, aber verriet kein Sterbenswörtchen über das folgende Abenteuer. Das gehörte mir allein.

Ich schickte Beate drei meiner besten Kurzgeschichten, die ich in eine andere Schrift umgeschrieben hatte (nichts sollte sie an diese unsäglichen anonymen Liebesbriefe erinnern), und nach nur zwei Wochen vereinbarten wir einen Termin. Diesmal nicht in ihrem tristen Büro, wo wir jederzeit gestört werden konnten, sondern in einem gemütlichen, zu diesem Zeitpunkt gewöhnlich wenig besuchten Café.

Noch nie hatte sich jemand so sachkundig zu meinen Texten geäußert wie sie. Am Schluss fasste sie ihr Urteil in einem »Wirklich gelungen!« zusammen. Ich platzte fast vor Stolz. Den konnte auch die nachfolgende Einschränkung »Selbstverständlich muss da noch ein Fachmann gewisse Änderungen vornehmen, aber nichts von wirklicher Bedeutung« nur unwesentlich dämpfen.

In meiner Begeisterung fasste ich mir ein Herz und fragte sie, ob sie sich als Jurorin des letzten Meisterklasse-Wettbewerbs nicht an den dritten meiner Krimis erinnern könne, der ihr doch gewiss damals auch schon vorgelegen hätte. Beate schüttelte den Kopf, und dann öffneten sich sämtliche Schleusen. Ob ich eine Ahnung hätte von den Massen, die über die Preisrichter jährlich hereinbrächen und die sie in ihrer Freizeit neben ihrer oft ähnlich gearteten Berufsarbeit sichten müssten? Tausend oder noch mehr Beiträge seien keine Seltenheit. Wochenlang müsse jeder bis zur Erschöpfung diese manchmal ungelenken, fehlerhaften Ergüsse von blutigen Laien prüfen, die sich für Genies hielten, und wenn man die Nase, ehrlich gesagt, randvoll hätte, müssten dann die Sieger ermittelt werden, eine quälende Entscheidung, die mit allen nur denkbaren Irrtümern belastet sei. Sie konnte gar nicht mehr aufhören mit der Schilderung ihrer Leiden, vermutlich, weil sie vorher noch nie jemanden gefunden hatte, der ihr so aufmerksam zuhörte wie ich. Irgendwann jedoch versiegte der Strom, und sie schwieg erschöpft.

Von diesem Augenblick an schämte ich mich in Grund und Boden für meine Irrtümer, die daraus folgenden Fehler und üblen Taten, zu denen ich auch noch andere verführt hatte. Beinahe hätte ich ihr alles gebeichtet, jetzt und hier, sofort. Aber das hätte das Ende unserer Beziehung bedeutet. Also schwieg ich ebenfalls.

Es wurde eine traurige Heimfahrt.

Zum Glück hatte ich nicht genügend Muße, unentwegt über meine Schlechtigkeit nachzudenken. Die Aufgabe, eine spannende, gut verkäufliche, jedoch nicht gar zu oberflächliche Erzählung zu verfassen, würde mich in den nächsten Monaten während meiner kargen Freizeit vollständig in Anspruch nehmen.

An einem verregneten Wochenende drohte aber vorher noch die nächste Cosa -Nostra-Tagung. Mit welchen fadenscheinigen Ausreden sollte ich nur mein Abweichen von jeder Übereinkunft bemänteln? Mir fiel nichts Überzeugendes ein. Das Rudel würde, daran zweifelte ich nicht, über den Verräter herfallen und ihn schließlich ausstoßen.

Diese Erwägungen hätte ich mir sparen können.

Nur Bert und Curd hockten trübsinnig in der Wohnstube des Jagdhauses. Kein Feuer brannte traulich im Kamin, und zu essen gab es auch nichts.

Dora war nicht gekommen.

»Man hat sie in der Klinik verhaftet, wegen fahrlässiger Tötung einer Patientin oder sogar Schlimmerem. BILD hat davon unter der Schlagzeile ›Ist diese Krankenschwester eine Mörderin?‹ berichtet«, erklärte der Hausherr.

Ich schwieg bestürzt, obwohl ich doch schon vorher festgestellt hatte, was Dora für ein rabiates Biest war.

»Hoffentlich hat sie nichts Schriftliches aufbewahrt, sonst sind wir auch dran. Auf jeden Fall müssen wir alles abstreiten!« beschwor uns Curd. »Wir kennen sie nicht, haben sie nie gesehen, ist das klar?« Dagegen ließ sich nichts Vernünftiges einwenden.

»Müssen wir denn überhaupt weitermachen mit unserer Aktion?« fragte Bert ängstlich.

Der Architekt fuhr ihm mit einem barschen »Natürlich nicht!« über den Mund und fügte dann hinzu: »Ist viel zu gefährlich! Wir ruinieren damit unter Umständen unsere ganze Existenz. Ich stelle den Antrag, unseren doch ziemlich albernen Rachefeldzug auf Grund dieser neuen Umstände unverzüglich abzubrechen. Ist jemand dagegen?«

Keine Wortmeldung. Der Antrag war damit einstimmig angenommen. Jeder schüttelte den beiden anderen die Hand und wünschte ihnen alles Gute. Sollte ich nun eher niedergeschlagen sein, weil ich auf einen Streich alle meine Mitstreiter verloren hatte oder im Gegenteil erleichtert, dass ich meine Fahnenflucht nicht hatte eingestehen müssen? Ich wusste es nicht, denn mein Inneres war derart in Aufruhr geraten, dass ich nur mit Mühe den Rückweg in absolut legale Verhältnisse fand.

Epilog

Über das abrupte Ende von Cosa Nostra erzählte ich meiner Frau nichts. Ebenso wenig wie über die Tatsache, dass ich noch immer wegen meiner Sünden ein schlechtes Gewissen hatte. Wir führten nämlich überhaupt keine vertrauten Gespräche mehr. Sie war absorbiert – von Cordula – und ich war absorbiert – von meiner Erzählung.

Abend für Abend saß ich bis tief in die Nacht an meinem Rechner, schrieb abwechselnd voller Elan oder zweifelte an meinem Talent, wenn ich nicht recht vorankam.

Die Handlung selbst war nicht das Problem, sondern ihre Darstellung. Wo bitte sollte ich aussparen, wo farbige Schilderungen wagen? Sollte ich diskret sein oder eher mehr als deutlich? Welches Wort war das treffendste? Die unendliche Zahl von Möglichkeiten, sich auszudrücken, belastete mich diesmal mehr als früher, denn *diesmal* kam es eben darauf an, nicht nur literarisch gesehen.

Irgendwann war ich dann soweit: Ich wählte Beates Nummer. Die lachte nur und sagte: »Das ist nichts Besonderes. Selbstzweifel sind normal, besonders, wenn es um alles oder nichts geht. Denken Sie nicht mehr daran, ob das, was Sie schreiben, perfekt ist. Schreiben Sie einfach! Das können Sie nämlich. Und Sie sind ja nicht allein. Schließlich bin ich doch auch noch da, nicht wahr?«

Sie hatte die richtigen Worte gefunden. Danach fügte sich eines zum anderen, als müsste es so sein. Mein Arbeitszimmer wurde zur Fluchtburg, das Schreiben meine größte Freude. Was sage ich da? Meine *einzige* Freude! Im Amt herrschte Chaos, denn ein Umzug in ein anderes Gebäude wurde vorbereitet, und Vera wurde mürrischer und mürrischer, wenn sie sich denn überhaupt noch blicken ließ.

Eines Sonntags gegen Mitternacht brach sie in meine Burg ein. Ich war todmüde und wollte eigentlich nur noch eins – schlafen! Meine Frau offenbar nicht. Sie machte mir eine Szene.

Ich will nicht in Einzelheiten gehen. Es reicht, wenn ich die letzten Aussagen zitiere, die sie mir an den Kopf warf:

»Du bist schuld, dass unsere Ehe schon lange keine mehr ist. Warum hast du dich nicht mehr um mich gekümmert? Cordula ist da ganz anders! Sie gibt mir alles, was ich brauche. *Alles*, wenn Du verstehst, was ich meine. Ich ziehe zu ihr und reiche die Scheidung ein. Morgen noch! Versuche nicht, mich umzustimmen!«

Als hätte ich das im Sinn gehabt! Ich sagte nur: »Wie du meinst. Ich bin mit allem einverstanden!«

Damit hatte sie nicht gerechnet. Sie starrte mich sprachlos an und rauschte dann hinaus.

Wir sahen uns nur noch einmal wieder, beim Scheidungstermin.

Das war das traurige Ende meiner Ehe.

Mein Kontakt zu Beate festigte sich. Wir trafen uns häufig. Über meine Erzählung verriet ich ihr vorläufig nicht mehr, als dass ich zügig vorankäme. Sie bedrängte mich nicht. Das gefiel mir. Und vieles andere auch.

Ein halbes Jahr später überreichte sie mir strahlend das erste Exemplar meiner Erzählung. Die begann folgendermaßen:

»*Sieh mal! Vom Ultima Verlag*«‹, *sagte meine Frau und hielt mir den Brief hin. Es war Sonnabend, und ich musste nicht ins Amt. Wir saßen am Frühstückstisch und hatten uns gerade überlegt, wohin wir ›ausfliegen‹ wollten.*«

Meine Lektorin schmunzelte und meinte spitzbübisch: »Kompliment! Das hast du dir wirklich wunderbar ausgedacht!«

Sisters in Crime

Vor ein paar Wochen, ich glaube, es war ein Donnerstag so gegen sechs und draußen schon fast hell, öffnete ich die Augen und sah Judith neben meinem Bett sitzen.

Ich hatte erwartet, dass sie käme. Nur nicht so bald und derart geräuschlos.

»Wie bist du reingekommen?« fragte ich und richtete mich auf. Sie runzelte die Stirn und sagte: »Der Zweitschlüssel liegt bekanntlich seit Jahrzehnten im Blumentopf neben der Haustür!« – genau in dem genervten Ton, den man einem Idioten gegenüber an den Tag legt. Und dann ging es los mit den Vorwürfen.

»Hundertmal habe ich versucht, dich anzurufen, aber immer war die Leitung tot. Hast du deine Rechnung nicht bezahlt? Total abgebrannt, was?«

Ich schüttelte den Kopf, rutschte unter das Deckbett und versuchte, sie durch die simple Gegenfrage »Wo bist du denn so lange gewesen?« abzulenken.

»Mein Gott! Überall und nirgends! Ist doch egal! Willst du vielleicht meinen Notizkalender sehen? Aber darum geht es doch gar nicht«, blaffte sie mich an. »Hier ist eine Menge schiefgelaufen, das sagt mir mein Instinkt. Also, raus mit der Sprache! Was ist los mit dir?«

Ich konnte ihr noch nie etwas vormachen.

»Also … es ist … wegen … also, der Berndt …«

»Wer ist Berndt? Müsste ich den kennen?« Judith stand auf und reckte sich. Wie groß sie ist!

»Er hat hier gewohnt, bis vor einem halben Jahr«, flüsterte ich.

»Ach, sieh mal an! Meine Schwester hatte einen Liebhaber! Du machst Fortschritte. Und der ist dir weggelaufen, was? Kein Wunder bei deinem Aussehen!«

Sie hatte recht. An mir ist wirklich nichts Rares dran. Aber damit war sie auf dem Holzweg, was meinen Freund anging.

Ich suchte nach passenden Worten, um sie aufzuklären.

Sie aber fing an zu lachen, gluckste förmlich vor Vergnügen. »Bist auf einen Kokser reingefallen, du harmloses Engelchen, nicht wahr? Hat dich beklaut und geschlagen. Und du hast das Dienstmädchen für ihn gespielt. Aus Lie-hie-hie-be! Wie kann man nur so grottendämlich sein!«

Was hätte ich darauf schon antworten können? Es stimmte doch haargenau.

Judith betrachtete mich aufmerksam von oben herab und meinte: »Sei doch froh, dass du ihn los bist. Fort mit Schaden!«

»Eben nicht!«. Zum erstenmal widersprach ich ihr. »Ich habe das Gefühl, dass er durchs Haus schleicht, sobald ich nicht da bin. Wenn ich heimkomme, riecht es nach Schweiß und Tabakrauch, und manche Dinge stehen nicht mehr da, wo sie hingehören, oder sind einfach weg.«

»Hat er etwa noch einen Schlüssel?« Judiths Augenbrauen stiegen steil in die Höhe.

»Er braucht keinen! Schlösserknacken ist sein Hobby. Mit dem hat er seine Drogen finanziert«, musste ich zugeben. »Würdest du dich an meiner Stelle hier noch wohl fühlen?«

»Viele Frauen werden von Stalkern verfolgt. Das ist keineswegs selten. Meistens sind es abgelegte Liebhaber.« Dieser nüchternen Feststellung folgte die Belehrung auf dem Fuße: »Aber gegen die kann man doch allerhand unternehmen. Anzeigen beispielsweise und Einstweilige Verfügungen beantragen.«

»Ich habe nur das Telefonkabel aus der Steckdose gezogen, dann gab es wenigstens Ruhe vor seinen Anrufen. Bei Tag und Nacht – das macht einen fertig!«

»Und warum hast du deine Nummer nicht einfach ändern lassen? Eine Kleinigkeit!«

»Darauf bin ich gar nicht gekommen. Ich wollte nur, dass das Geklingel aufhört«, sagte ich kleinlaut.

Aber dann fiel mir doch noch etwas zu meiner Verteidigung ein. Ich hatte mich tatsächlich aufgerafft und war zur Polizei gegangen, als Mutters Diamantring trotz sorgfältigster Suche verschwunden blieb. Aber der Beamte hatte nur den Kopf geschüttelt und gesagt, gegen jemand wie Berndt, der mal hier, mal da schläft, könnte man keine Anzeige aufnehmen, und verbieten könnte man ihm auch nichts, so ohne feste Adresse. Wie sie denn, bitte schön, einen Obdachlosen aufstöbern sollten, so dünn besetzt wie sie wären? Sie hätten wahrhaftig Dringenderes zu tun, als sich mit solchen Lappalien abzugeben. Ob mir das nicht klar wäre?

Judiths Reaktion auf meinen Bericht war überaus kühl. »Damit hättest du rechnen müssen«, das war alles. Hatte sie denn gar kein Mitgefühl im Leib? So geht man doch nicht mit seiner Schwester um! Vielleicht hatte ich mich nicht deutlich genug ausgedrückt?

»Judith«, sagte ich und meine Stimme zitterte dabei, »ich habe Angst! Eine Heidenangst! Was du nämlich nicht weißt: Berndt hat mir am Telefon gedroht, er würde es mir heimzahlen, dass ich ihn rausgeworfen habe. Mehr als einmal. Und … und … da ist noch etwas.«

Ich schlug das Deckbett zurück, angelte nach meinen Pantoffeln und tappte zum Schreibtisch. Meine Schwester setzte sich wieder, schlug die Beine übereinander, wippte mit dem rechten Fuß und beobachtete mich. Das sah ich aus den Augenwinkeln. Unter dem Notebook fand ich endlich, was ich suchte.

Sie nahm den schmuddeligen liniierten Zettel mit spitzen

Fingern und las die wenigen, in krakeliger Blockschrift und miserabler Rechtschreibung verfassten Zeilen vor:

DU ELENDES MISSTSTÜK. BILD DIR BLOS NICHT EIN DAS DU ONE STRAHFE DAFON KOMMST. RACHE IST SÜS!!! EIN FREUNT.

Als sie fertig war mit dem Vorlesen, stieß sie einen Pfiff aus und sagte dann mit einem Anflug von Zärtlichkeit:

»Mein armes Dummerle! Da bist du offensichtlich wieder mal in Schwierigkeiten. Und wie ich dich kenne, erwartest du jetzt bestimmt, dass ich dir helfe.«

»Das hast du doch immer getan. Weißt du noch, damals in der 10. Klasse, als die neidische Gabi meinen neuen Anorak ins Klo gesteckt hatte? Zwei Tage später fehlten alle Knöpfe an ihrem Mantel. War doch ein Riesenspaß für dich, wie sie jammerte, welchen Ärger sie mit ihren Eltern kriegen würde!«

»Das hatte sie auch nicht besser verdient«, entschied Judith und lächelte.

»Und wie war das mit Mamas Seidenbluse, die ich beim Verkleiden aus Versehen zerrissen habe?« spann ich mein Garn weiter. »Du hast das Ding auf dem Schulweg kurz entschlossen in eine fremde Mülltonne gesteckt. Die Mama hat ihre Bluse tagelang gesucht und schon gedacht, sie wäre nicht mehr ganz richtig im Kopf. Tolles Gefühl, sie mal an der Nase rumzuführen.«

Judiths Gesicht mit den fast geschlossenen Augenlidern und der steilen Falte über der Nasenwurzel verriet Konzentration.

Ich schwieg, um sie nicht zu stören.

»Du willst, nehme ich an, diesen Berndt auf Dauer loswerden?« fragte meine Schwester unvermittelt. Ich nickte nur. Meine Zunge klebte trocken am Gaumen.

»Wir werden also ganz systematisch vorgehen«, fuhr sie sachlich fort. »Zuerst eine Materialsammlung. Fotos beispielsweise. Und du informierst mich über seine Gewohnheiten, seine Abneigungen und Vorlieben, seine Schwächen und Fähigkeiten, seine Freunde und Gegner. So genau wie möglich. Ich speichere alles auf Kassette, erstelle ein Profil und arbeite anschließend einen genauen Plan aus. Damit musst du dich nicht belasten.«

»Und wer soll ihn ...?«

»Ich natürlich. Es wird nicht so einfach werden. Eine Premiere, verstehst du? Aber ich liebe Herausforderungen.«

»Aber wie soll ich erfahren, dass ...?«

»Eine kurze Meldung in der Lokalpresse vielleicht? Glaube mir, er wird dich nicht mehr belästigen. Nie mehr! Versprochen!«

Eine Stunde später verschwand Judith, wie sie gekommen war.

Ich erinnere mich nicht mehr genau, was in den nächsten Tagen geschah. Nur daran, dass ich wartete und wartete.

Am Sonnabend erschien im »Stadtboten« ein Bericht unter der Schlagzeile »Junger Mann ertrunken«, der besonders Nichtschwimmer vor den gefährlichen Unterströmungen im örtlichen Baggersee warnte.

Beim Lesen nistete sich urplötzlich in meinem linken Ohr ein Tinnitus ein, fiepte und jaulte solange, bis ich meine Ärztin aufsuchte. Sie diagnostizierte stressbedingte Erschöpfung und überwies mich an einen Spezialisten, der mir ein Kurhotel in den Bergen empfahl, wo ich mich in gesunder Luft und bei angenehmer Gesellschaft eine Weile erholen könnte.

Eigentlich gefällt es mir hier. Ich habe ein gemütliches Zimmer zum Garten hinaus, viel heller als die düsteren Räume in meinem Elternhaus. Der Koch verdient mindestens einen Stern in dieser französischen Gourmet-Fibel, und eine Bibliothek gibt es auch, wenn man das Fernsehen oder die Hausmusik leid ist. Die Ohrgeräusche sind übrigens abgeklungen.

Nur etwas stört mich gewaltig: Die junge Blondine mit dem Notizblock, die mich alle paar Tage in meinem Zimmer besucht. Sie ist an mir interessiert. Ungefähr so interessiert wie eine Katze an einer Maus. Mich quält ihre ewige Fragerei nach Ereignissen, die sich vor langer Zeit in meiner Familie abgespielt haben. Sie erscheinen mir ganz unwichtig. Deshalb erzähle ich ihr so wenig wie möglich und gehe auch nicht auf die unsinnigen Theorien ein, die sie am Schluss aufstellt, um mich herauszufordern.

Gestern war sie in Höchstform. Sie sah mir direkt in die Augen, lächelte siegesgewiss und trompetete: »Eins steht für mich fest – Sie haben überhaupt keine Schwester!«

Selbstverständlich widersprach ich ihr nicht.

Diese eingebildete Person wird ihr blaues Wunder erleben, wenn Judith hier auftaucht.

Sehr bald und vollkommen geräuschlos!

Schlussbilanz

Diese Erklärung ist für den zuständigen Staatsanwalt bestimmt. Ich nehme an, er hat mehr Verständnis für mich und meine schwierige Lage als die örtliche Polizei, die sich vor allem mit ruhestörendem Lärm oder Taschendieben herumschlägt.

Da ich diesmal auf die Hilfe meiner Assistentin aus triftigen Gründen verzichten muss, meine Handschrift nur schwer lesbar und das Zweifinger-Suchsystem auf der Schreibmaschine für mich zu mühsam und zeitaufwendig ist, habe ich mich entschlossen, mein heute während der Nacht abgefasstes Manuskript auf einem Diktaphon festzuhalten.

Ich bin der letzte Vertreter einer Familie, deren Geschichte über mehr als ein Jahrhundert lückenlos dokumentiert ist, weil sie so lange auf dieser Insel gelebt hat. Ich durfte als Erster auf dem Festland studieren, Betriebswirtschaft, bin langsam in meine Aufgaben hineingewachsen. Mein Vater hatte eigentlich allen Grund, mit mir zufrieden zu sein.

Nur eines machte ihm Kummer: Ich war nicht verheiratet. Mit 40 Jahren noch immer nicht. Ab und zu, wenn ich von einer meiner Geschäftsreisen zurückkehrte, ließ ich ein paar Andeutungen fallen, aus denen er schließen konnte, dass sich dabei flüchtige Kontakte ergeben hatten, aber das war auch alles. Seine eheanbahnenden Maßnahmen, die er in seiner Not ergriff – er präsentierte mir im Lauf der Jahre sämtliche ledigen Töchter seiner Kollegen im weiten Umkreis, wobei Aussehen und Vermögen keine Bedeutung für ihn hatten – also diese Maßnahmen führten nie zum Erfolg.

Schließlich drohte er mir, mich auf den Pflichtteil zu setzen und unseren renommierten Betrieb meiner Schwester und ihrem Ehemann zu überschreiben, die nichts von unserem Geschäft verstehen.

Er war eben reichlich konservativ, wie viele auf dieser Insel. Das Meer hat denselben Effekt wie eine Gebirgskette: es führt zur Abschottung. Daran ändern auch die Touristen wenig. Wir sind eine nach außen hin verschworene Gemeinschaft und leben von ihnen, sind deshalb genötigt, ihren Gewohnheiten und Wünschen Rechnung zu tragen, aber ihr manchmal eher, na, sagen wir, unkonventionelles Verhalten wird trotzdem misstrauisch bis ablehnend zur Kenntnis genommen, zumindest von den Älteren. Sie sind und bleiben Gäste aus einer fernen Welt. Daher war der Gedanke, unser Hotel, für das mehr als drei Generationen so hart gearbeitet hatten, könnte irgendwann in fremde, womöglich festländische Hände übergehen, für meinen Vater unerträglich.

Ich mag meine Schwester nicht, nein, ganz und gar nicht, und meinen Schwager verabscheue ich geradezu. Mein Beruf dagegen und das Hotel lagen mir immer am Herzen. Aber sollten das wirklich ausreichende Gründe sein, meine eigenen Vorstellungen und Bedürfnisse über Bord zu werfen?

Allmählich war das Verhältnis zu meinem Vater auf einem Tiefpunkt angelangt. Wir stritten uns, sobald wir uns begegneten, was nach Lage der Dinge kaum zu vermeiden war. Ich war gezwungen, dauernd zurückzustecken bis zur Selbstverleugnung, denn er war nicht nur ausgesprochen starrsinnig, was jede betriebliche Neuerung anging, sondern hatte sich zu allem Überfluss – nach dem frühen Tod meiner Mutter gab es niemanden, von dem er sich etwas sagen ließ – als hemmungsloser Raucher massive Durchblutungsstörungen zugezogen, litt unter hohem Blutdruck und durfte sich nicht aufregen. Die Zukunft sah für uns beide also ziemlich trübe aus.

Jedenfalls bis zu dem Tag, als sich bei uns eine Reporterin einfand, die von einem Magazin namens *Resort* als freie Mitarbeiterin beauftragt worden war, einen Bericht über unser Hotel und zwangsläufig auch über unsere Familie zu verfassen. Mein Vater stand diesem Vorhaben selbstverständlich sehr skeptisch gegenüber, gab jedoch seine Zustimmung, nachdem er die junge Frau gesehen hatte. Er übertrug mir sogar die Aufsicht über diese Aktion, weil sie ihm zu anstrengend erschien.

Die junge Frau war zweifellos hübsch, aufgeschlossen und intelligent. Ich erlaubte ihr nicht nur, mich zu interviewen, sie durfte auch unbeschränkt fotografieren. Es gab daher reichlich Gelegenheit zu persönlichen Kontakten.

Innerhalb von drei Tagen hatte sie ihre Recherche abgeschlossen und fuhr zurück nach Hamburg. Ich forderte sie auf, den Text, der wie üblich genehmigt werden musste, persönlich vorbeizubringen und im Anschluss daran noch eine Weile hierzubleiben, wegen eines neuen Auftrags.

Mein Vater war regelrecht begeistert von ihrer Darstellung, fühlte sich verstanden und außerdem geschmeichelt, weil sie unsere Familie als ›Hotel-Dynastie‹ bezeichnet hatte. Mir war das eher peinlich.

Nun konnte ich sicher sein, dass dem alten Herrn meine Idee, zu seinem siebzigsten Geburtstag eine Festschrift drucken zu lassen, gefiele. Das würde Eindruck machen bei den 200 Gästen und ihm die Vorstellung vermitteln, wirklich ein Mann von Bedeutung zu sein.

Trotz gewisser Bedenken lobte ich also Karinas Bericht, um ein gutes Klima herzustellen. Sie strahlte förmlich und war von dem Gedanken, vierzehn Tage hier wohnen und arbeiten zu können, sichtbar begeistert. Ich stellte einen Scheck über ein mehr als angemessenes Honorar aus und gab ihr gleichzeitig einen Schlüssel zu unserem Privatarchiv, mit der Aufforderung, es fleißig zu nutzen. Um ehrlich zu sein, ich hatte den Eindruck, sie hätte mir am liebsten die Füße geküsst. Also war sie finanziell nicht gerade auf Rosen gebettet – eine sehr gute Voraussetzung für meine Pläne, die mit Sicherheit sehr viel weiter gingen, als sie ahnen konnte.

Während der nächsten zwei Wochen prüfte ich sie eingehend und kam zu dem Schluss, dass sie ein sehr naives, liebenswertes Mädchen war, wie geschaffen für meine Absichten.

Gewissermaßen die Idealbesetzung für die weibliche Hauptrolle in einem Spiel, bei dem alle nur gewinnen konnten.

Der Festtag ging ohne Pannen über die Bühne. Die Geladenen, vorwiegend sehr anspruchsvolle Gäste unserer Profession und die Presse, geizten nicht mit Lob, auch was die Festschrift anging. Wir ließen sie in erheblicher Stückzahl nachdrucken, sie lag für Hausgäste gratis an der Rezeption aus und verkaufte sich zudem gewinnbringend in den örtlichen Buchläden an Neugierige, die sich unsere Preise nicht leisten konnten. Jetzt zahlten sich die geschickt eingestreuten pikanten Anekdötchen aus, wie sie sich in jedem von Prominenten frequentierten Hotel früher entweder wirklich abgespielt haben oder aber zumindest kolportiert werden. »Menschen im Hotel«, diesmal eben im Mini-Format. Karina war tatsächlich ein echter Profi.

Einige Tage lang vernachlässigte ich sowohl die Belegungsstatistik als auch die geplante Werbekampagne in sämtlichen Fernsehzeitschriften der Republik und beschäftigte mich mit einem sehr privaten Projekt. Was mir bisher nur vage vorgeschwebt hatte, nahm Gestalt an. Dr. Rühlke, unser mit allen Wassern gewaschene Notar, formulierte daraus einen gerichtsfesten Vertrag.

Am Abend vor Karinas Abreise bestellte ich einen separaten Tisch bei unserem schärfsten Konkurrenten, mit dem mich seit Kindertagen eine innige Feindschaft verbindet. Niemand sollte uns mit so läppischen Problemen wie einem Wasserrohrbruch oder einer in flagranti ertappten kleptomanischen Hausdame belästigen.

Das Menu war vorzüglich, der Jahrhundertwein wohltemperiert, und Karina sah reizend aus in ihrem einfachen weißen Kleidchen mit der Kette aus Schaumkorallen. Alles in allem die passende Atmosphäre für das, was ich ihr mitzuteilen hatte.

Zunächst erläuterte ich ihr die Grundzüge meines Vorschlags. Gedämpft, versteht sich; denn der Kellner machte sichtlich lange Ohren. Ich registrierte, dass sie blass wurde unter dem Make-up, und händigte ihr eine Kopie des Vertragsentwurfs aus. Sie las konzentriert, kommentierte anschließend nichts, stellte auch keine Fragen, sondern sagte schlicht: ›Darüber muss ich erst einmal gründlich nachdenken. Und jetzt möchte ich bitte zurück ins Hotel‹. Diese Sachlichkeit war, soweit ich das im Augenblick beurteilen konnte, wohl charakteristisch für sie. Unterwegs wurde kein Wort gesprochen, was über den Platzregen hinausging, der gerade herunterrauschte.

Am nächsten Morgen – ich hatte vorsorglich einen Termin beim Notar vereinbart – setze Karina ohne Ziererei ihren Namen neben meine Unterschrift und verabschiedete sich von ihrem künftigen Schwiegervater. Ich fuhr sie zum Katamaran. Sobald sie ihre Angelegenheiten in Hamburg geordnet hätte, würde sie wiederkommen. Diesmal für immer.

Inzwischen hatte ich die Aufgabe, meinen alten Herrn auf die Umwälzungen vorzubereiten, die demnächst auch sein Leben entscheidend verändern würden. Ich ging meiner Ansicht nach sehr behutsam, ja sogar diplomatisch vor, indem ich zunächst

Karinas Arbeit und ihr umgängliches Wesen lobte. Mein Vater, von jeher ein Freund klarer Worte, ließ mich ausreden, grinste dann und sagte betont ruppig: ›Hältst du mich eigentlich für dement? Ich fresse einen Besen, wenn da nichts zwischen euch läuft! War ja auch Zeit! Vermassel das bloß nicht wieder! Sie ist die Richtige für dich, mein Junge!‹ Ein bisschen beschämt und erleichtert zugleich stimmte ich seinem Urteil zu. Endlich waren wir einmal derselben Meinung! Das ließ für die Zukunft doch hoffen.

Vier Wochen später flog ich mit Karina nach Düsseldorf zur Modemesse. Sie entschied sich für ein Brautkleid von Escada aus feinster cremefarbener Seide. Ich hatte nichts dagegen einzuwenden. Mein Vater übernahm ja die Rechnung.

Es wurde die »Hochzeit des Jahres«, so *Resort*, das seine Chefreporterin geschickt hatte. Und *Frau mit Herz* geriet außer sich vor Begeisterung über die Ausstattung der Braut und ihre Anmut, vergaß auch nicht, das kostbare Smaragdkollier zu erwähnen, ein Erbstück, das mein Vater seiner Schwiegertochter am Morgen des ›glücklichsten Tages im Leben einer Frau‹ um den zarten Hals gelegt hätte. Alle, die auf der Insel das Sagen hatten oder sonstwie von Bedeutung waren, durften mitfeiern. Drei Tage lang. Unsere Flitterwochen verbrachten wir auf Hawaii, in einer Suite des *Crown of Waikiki*. Ich war höchst zufrieden. Karina, so nahm ich an, ebenfalls.

Die Übergabe der Geschäftsführung an mich erfolgte unmittelbar nach unserer Rückkehr. Ein vergleichsweise bescheidenes Zeremoniell vor versammelter Mannschaft. Darauf hatte ich bestanden. Noch eine Festivität, das hätte ich nicht durchgehalten!

Mein Vater zog sich aufs Altenteil zurück, hatte jedoch trotzdem ein wachsames Auge auf meine Anordnungen und Neuerungen, was mich insgeheim ärgerte. Aber die Zeit, so nahm ich an, würde es schon bringen.

Er vergötterte seine Schwiegertochter geradezu. Nicht nur, weil sie sich als außerordentlich nützlich fürs Geschäft erwies, sondern weil sie eine reizende Person sei, wie er betonte. Sie fungierte als meine Assistentin, erledigte auch auf dem Computer alle private und sonstige vertrauliche Korrespondenz, so dass wir eine Hilfskraft entlassen konnten, und vermittelte den Gästen den Eindruck, persönlich willkommen zu sein. Unsere Bilanz zeigte ein beachtliches Plus im Vergleich zu den Vorjahren – trotz der schwächelnden Konjunktur.

Gelegentlich verbrachten Karina und ich den Abend gemeinsam, sahen fern, lasen oder folgten einer Einladung. In der Regel jedoch ging jeder, wie abgesprochen, in der Freizeit seinen eigenen Interessen nach. Meine Frau belegte regelmäßige Fitnesskurse, schrieb sich in der Volkshochschule ein, um zu töpfern oder Spanisch zu lernen, und war bald der Mittelpunkt im Kreis gleichgesinnter Frauen, während ich ausgedehnte Spaziergänge an der Wasserkante unternahm oder einen Freund besuchte, um beispielsweise mit ihm Schach zu spielen. Jeder von uns beiden konnte nach Lust und Laune kommen und gehen, wohin er wollte. Wir hatten ja getrennte Schlafzimmer, was meinen Vater zwar irritierte, sich jedoch mit penetrantem Schnarchen des Ehemannes hinreichend begründen ließ. Seinen diskreten Anspielungen entnahm ich, dass ihn nur noch der Gedanke an ein Enkelkind aufrechterhielt.

Er war von geradezu rührender Ahnungslosigkeit. Die wollte ich dem kranken alten Mann unter keinen Umständen nehmen.

Wie krank er wirklich war, stellte sich eines Morgens heraus. Er ließ plötzlich seine Kaffeetasse fallen und klagte über Taubheitsgefühle auf der rechten Körperseite. Zunächst betrachteten wir seine Äußerungen als Zeichen der Hypochondrie, die in den letzten Monaten erheblich zugenommen hatte, sahen uns aber doch schließlich genötigt, den Arzt zu rufen.

Mein Vater starb trotz aller ärztlichen Bemühungen nach drei Tagen in der Intensivstation. Natürlich vermisste ich ihn, doch das Gefühl, endlich ganz Herr meiner eigenen Entschlüsse zu sein, überwog.

Die Beziehung zwischen Karina und mir festigte sich, verlief weiterhin durchaus harmonisch.

Eines Morgens hörte ich sie zum ersten Mal unter der Dusche trällern. Herr des Himmels, wo hatte ich nur meine Augen gehabt? Sie leuchtete, wenn man genau hinsah, seit einigen Wochen sozusagen von innen. An mir lag das gewiss nicht. Also hatte sie von ihrer Freiheit Gebrauch gemacht. Ich gönnte es ihr. Ich ließ mir ja in dieser Hinsicht auch nichts abgehen. Unser Pakt funktionierte offensichtlich perfekt.

Das ungemütliche Novemberwetter mit Regenschauern und dichten Nebelbänken, letztere laut Prospekt auf dieser Insel angeblich unbekannt, hatte sich gestern gegen Abend innerhalb einer Stunde überraschend gebessert. Deshalb entschied ich mich ganz spontan zu einem Spaziergang.

Jetzt, wo die Touristen abgezogen waren, lag der Strand leer und still da. Nichts als Sand und dahinter die glatte Fläche des Meeres, die den weiten hellen Himmel spiegelte. Ich kam mir sehr einsam vor und empfand unerwartet ein intensives Bedürfnis nach menschlicher Nähe und Zuwendung.

Im Bungalow zwischen den Dünen brannte weithin sichtbar das Licht.
Sie hatten sich nicht einmal Zeit gelassen, die Vorhänge zu schließen.

Wie ich in der Dämmerung bei langsam auflaufendem Hochwasser den Rückweg durch die Priele gefunden habe, weiß ich nicht. Wahrscheinlich rein instinktiv.

Vierundzwanzig Stunden später – ich hatte mich davon überzeugt, dass Karina tatsächlich an ihrem Gymnastikkurs teilnahm – kündigte ich diesmal meinen Besuch per Telefon an.

Fokke empfing mich mit besonderer Herzlichkeit, erkundigte sich so erwartungsvoll nach meinem Wohlergehen, als hätten wir uns seit Wochen nicht gesehen.

Ich sagte ihm die Wahrheit, ohne Umschweife. Er lachte belustigt und machte mir *seinen* Standpunkt klar. In unmissverständlichen Worten.
Zehn Minuten später verließ ich den Bungalow, nachdem ich überall das Licht ausgeschaltet hatte.

Ich bereue nichts, außer der Tatsache, dass Karina einen schweren Schock erlitten hat, als sie Fokke fand. Sie trägt keine Schuld, denn sie konnte ja nicht wissen, worauf – oder besser – auf wen sie sich da eingelassen hatte.

Ohne sie hätte ich nie erfahren, was für einen Menschen ich so sehr geliebt habe. Geliebt wie sonst keinen.

Niemand anders wird beschuldigt werden, ihn getötet zu haben. Man wird meine Fingerabdrücke auf der Bronzefigur finden, an der er zuletzt gearbeitet hat.

Ich werde jetzt dieses Geständnis am Hafen in den Briefkasten stecken und danach mit meinem Boot hinausfahren. Es ist also sinnlos, nach mir zu suchen. Genauso sinnlos, wie dieses Leben nun für mich ist.

Meine Frau möge mir vergeben. Ich konnte nicht anders.«

Verhängnisvolle Entscheidung

Jeder, wirklich jeder, der mich kennt, würde mich als einen anständigen Menschen bezeichnen. Ich bin mir da nicht mehr so ganz sicher.

Meine Eltern schickten mich aufs Gymnasium, und irgendwie schaffte ich auch das Abitur, aber ihren Traum vom Medizinstudium mussten sie bei meinem Notendurchschnitt begraben. Ich begann ersatzweise eine Ausbildung zur Altenpflegerin und bestand die Prüfung als eine der Besten.

Was folgte, war eine Kette von Enttäuschungen: Meine vielen Bewerbungen führten zu nichts. Ich stürzte vom Himmel herunter in ein schwarzes Loch, aus dem mich meine Betreuerin bei der Arbeitsagentur auch nicht herausholen konnte.

Also durchforstete ich zunächst die führenden Zeitungen – ohne Erfolg.

Eines Tages, ich hatte fast schon die Hoffnung aufgegeben, fiel mir in unserem Regionalblatt eine Anzeige auf, die gar nicht übel aussah: »Geprüfte Altenpflegerin auf Dauer gesucht! Vertrauensstellung! Eigene Wohnung im Haus.« Und das alles nur ungefähr 30 Kilometer entfernt!

Diesmal, ich konnte es kaum fassen, bat man mich zum Vorstellungsgespräch.

In einer stillen Allee parkte ich Simons klapprigen »Ford Fiesta«. Vornehme Gegend. Villen rechts und links, ich glaube, Gründerzeit, manche etwas heruntergekommen. Ich klingelte bei der angegebenen Adresse hinter dem schmiedeeisernen Zaun. Ein düsteres Gebäude aus grauem Sandstein, vier Stockwerke hoch, beschattet von uralten Kastanien, im Erdgeschoss ein Erker, die Fenster nach oben hin immer kleiner werdend, einige ohne Vorhänge. Am liebsten wäre ich umgekehrt. Zu spät! Eine mürrisch wirkende Frau mit Schürze, vermutlich die Haushälterin, forderte mich auf, in der mit Geweihen und ausgestopften Vögeln dekorierten Halle zu warten, bevor ich den Raum betreten durfte, den man früher wahrscheinlich »Salon« genannt hatte. Dunkle, verschnörkelte Möbel, goldgerahmte Porträts an den Wänden, Regale mit Büchern und Nippes, jede Menge Grünpflanzen, aber auch ein Fernsehapparat der neuesten Generation. In der Mitte des Erkers eine weißhaarige Frau im Rollstuhl. Als ich ihr die Hand gab, sah ich in ein sehr blasses, faltiges Fuchsgesicht.

Frau Falkenhain kam ohne Einleitung gleich zur Sache. Ihre Beine seien seit einigen Monaten gelähmt, hoher Blutdruck, dann Schlaganfall – der übliche Verlauf. Folglich brauche sie professionelle Hilfe. Auf Zeugnisse lege sie keinen gesteigerten Wert, sagte sie nach einem Blick auf meine Unterlagen, sie setze mehr auf die halbjährige Probezeit. Mit der Frage, ob ich vom nächsten Ersten an abkömmlich sei, beendete sie ihren Monolog. Ich nickte nur. Danach erläuterte sie den vorbereiteten Vertrag. Wenn ich bereit sei, diesen zu akzeptieren, solle ich eine Ausfertigung unterschrieben zum Dienstantritt mitbringen.

»Und die Wohnung, also, ich möchte gerne …«, wagte ich einzuwerfen.

»Sie werden damit zufrieden sein. Es ist ein gut ausgestattetes Appartement«, unterbrach sie mich. »Dann bis in acht Tagen, Fräulein Seitz!« Und damit war ich entlassen. Nach ungefähr zehn Minuten. Ich hatte kaum drei Sätze gesagt.

Simon machte sich gleich über den Vertrag her und riet mir zuzugreifen. Das sei doch ein echtes Schnäppchen, trotz des relativ niedrigen Gehalts. Außerdem wohnte und äße ich ja auch umsonst. Und an meinem freien Tag könnten wir uns regelmäßig treffen – bei ihm. Dabei grinste er vielsagend.

Ich teilte seine Begeisterung ganz und gar nicht. Das Haus hatte eine ebenso ungute Ausstrahlung wie seine Besitzerin.

Anstandshalber besprach ich die Sache auch mit meinen Eltern. Ihre Meinung: Unbedingt zusagen! Sie wollten eben, dass ich endlich auf eigenen Füßen stünde.

Am Abend vor dem gesetzten Termin unterschrieb ich den Vertrag – mit Bauchschmerzen.

Frau Falkenhain wirkte, als ich pünktlich in der Villa eintraf, zufrieden, wahrscheinlich, weil sie mich richtig eingeschätzt hatte. Mein Appartement, das im 1. Stock direkt neben ihrem Schlafzimmer lag, war tatsächlich freundlich und bequem, hatte sogar ein eigenes Bad.

Ich war nur für die Pflege zuständig, alle anderen Tätigkeiten übernahmen die Haushälterin und eine Putzhilfe.

Die Kranke tat sich wirklich schwer mit den alltäglichen Verrichtungen, die ein Gesunder nebenbei erledigt. Ohne meine Hilfe hätte sie nicht einmal duschen können, ganz zu schweigen von den unüberwindlichen Schwierigkeiten beim An- und Ausziehen. Ich beherrschte als Profi alle Tricks, um mit solchen und vielen ähnlichen Anforderungen spielend fertig zu werden. Darüber hinaus war ich auch dafür verantwortlich, dass sie ihre zahlreichen Medikamente regelmäßig nahm. Ich machte, davon war ich überzeugt, meine Sache gut, auch wenn sie mich niemals ausdrücklich lobte, sondern eher kühl, ja manchmal geradezu unfreundlich auf meine Bemühungen reagierte. Wer ist schon, zur Untätigkeit verdammt und von anderen abhängig, zufrieden und aufgeschlossen? Sie tat mir leid, und deshalb nahm ich ihr auch nichts übel. Alles in allem also eine erträgliche Situation.

Doch soll man ja den Tag nicht vor dem Abend loben. Zunächst verschlechterte sich der seelische Zustand meiner Patientin zusehends. Sie wurde regelrecht schwierig. Vor allem klagte sie dauernd darüber, dass man sie hungern ließe, obwohl sie doch ausreichend ernährt wurde.

Tatsächlich, sie hatte erheblich abgenommen. Ein Alarmzeichen. Ich bat ihren Arzt um einen Hausbesuch. Diabetes! Neue Einschränkungen für die Arme und zusätzliche Aufgaben für mich.

Anfangs stabilisierte sich ihr Zustand, dann aber stiegen die Zuckerwerte wieder, trotz der Medikamente und der entsprechenden Kost, die ich bei der Haushälterin erst hatte durchsetzen müssen. Nicht zu begreifen! Eines Abends, als ich meine Patientin endlich ins Bett verfrachtet hatte, entdeckte ich im Rollstuhl ein angebissenes Stück Schokolade. Lieber Himmel, wie kam das bloß dahin? Ich beschloss, wachsam zu sein. Und am nächsten Tag schon überraschte ich die Putzfrau dabei, wie sie, harmlos tuend, eine Rippe Milka ins Zimmer schmuggelte. Seitdem ging sie mir aus dem Weg – meine Gardinenpredigt war mehr als deutlich gewesen.

Die Seniorin, so radikal auf Diät gesetzt, protestierte zuerst empört und wurde, als ich nicht nachgab, von Tag zu Tag ungenießbarer. Nichts, aber auch gar nichts konnte ich ihr recht machen. Sie jagte mich treppauf und treppab, mal hatte sie diesen, mal jenen Sonderwunsch, versuchte, sich meinen Anweisungen zu widersetzen, spuckte das Essen einfach in die Gegend, wenn es ihr nicht schmeckte, und so weiter und so fort – kurz, sie benahm sich wie ein verhaltensgestörtes Kind. Abends fiel ich förmlich ins Bett. An meinem freien Tag (die Haushälterin kümmerte sich dann mehr schlecht als recht um Frau Falkenhain) verzichtete ich immer öfter auf den Besuch bei Simon, der darauf sauer reagierte, ging allein spazieren oder ins Kino. Ich brauchte einfach meine Ruhe.

Um ehrlich zu sein, allmählich schrumpfte mein Mitleid mit

der Kranken genauso, wie mein Zorn wuchs. Man hatte uns in der Ausbildung auf solche Umschwünge vorbereitet und uns dringend davor gewarnt, sie an unseren Patienten auszulassen.

Aber irgendwo *musste* ich meinen Frust loswerden. Mein Gott, ich war doch keine Heilige! Also kaufte ich mir ein Handy und schüttete Simon eines Abends mein Herz aus. Der, ein Realist, sagte ärgerlich: »Du wirst schamlos ausgenutzt! Wenn du dir das gefallen lässt, bist du dümmer, als die Polizei erlaubt. Du bist doch in der besseren Position! An deiner Stelle würde ich der Alten ruhig mal ein bisschen drohen.« Ich erklärte, eine solche Methode sei glatte Erpressung, und wir trennten uns im Streit. Endgültig.

Einige Wochen später wurde ich nach einem 16-stündigen Arbeitstag durch heftiges Klopfen an der Wand aus dem Schlaf gerissen. Frau Falkenhain! Also krabbelte ich aus dem Bett und holte das verlangte Mineralwasser. Am Morgen war ich wie gerädert.

Ich passte einen günstigen Augenblick ab, um der alten Frau klarzumachen, dass es auf diese Weise nicht ginge. Keinen Dienst rund um die Uhr! Das stehe nicht im Arbeitsvertrag. Notfalls müsse sie eben eine zweite Pflegerin einstellen. Da lobte sie mich plötzlich über den grünen Klee, ich sei ein sehr liebes und tüchtiges Mädchen, nicht zu vergleichen mit den anderen vor mir, die seien durch die Bank unfähig gewesen, entschuldigte sich und versprach Besserung. Ich ließ mich einwickeln.

Offenbar hatte sie schon nach ein paar Tagen ihr Versprechen vergessen.

Diesmal forderte sie ein zusätzliches Kissen, so gegen vier

Uhr in der Nacht! Beim Frühstück drohte ich ihr eiskalt mit der Kündigung. Das war zwar gemein, aber konsequent – die pure Notwehr. Sie begann zu weinen, konnte gar nicht mehr aufhören, und ich ließ mich erweichen.

Dieselbe Aufführung wiederholte sich noch mehrmals.

Eines Morgens jedoch hatte ich es endgültig satt. Mir gingen die Nerven durch. Ich nahm kein Blatt vor den Mund, schrie etwas von »tyrannisieren« und »ausnutzen«, und das für die »paar Euro Gehalt«. Frau Falkenhain starrte mich fassungslos an, denn bisher war ich nie laut geworden. Sie wurde noch blasser als gewöhnlich, dann aber begann sie zu lächeln und erklärte zuckersüß: »Ich denke, was das Gehalt angeht, gibt es sicher eine Lösung, die Ihnen zusagt, meine liebe Ilona. Aber lassen Sie mir bitte etwas Zeit, ja?« Auch wenn ich dem Braten nicht traute – anhören wollte ich mir ihren Vorschlag trotzdem.

Sie nahm sich viel Zeit, meine Arbeitgeberin, während der sie ihre störenden Aktionen auf ein Mindestmaß reduzierte, wohl, um eine angenehme Atmosphäre zu schaffen. Irgendwann aber war es dann soweit. Die entscheidende Besprechung verlief ähnlich wie das Vorstellungsgespräch – einseitig. Zunächst öffnete Frau Falkenhain den Safe, und ich durfte einen Blick auf zahlreiche Aktienpakete und Schmuckschatullen werfen und sogar einige besonders kostbare Stücke in die Hand nehmen. Beeindruckend! Anschließend schilderte sie zu meiner Überraschung ihre angespannte finanzielle Lage. Die Aktien seien nämlich langfristig festgelegt und wie der Familienschmuck von heute auf morgen nur mit hohen Verlusten zu veräußern. Ihre Barmittel reichten gerade aus, um die laufenden Kosten zu begleichen. Die Einstellung einer Nachtschwester oder eine Gehaltserhöhung für mich seien folglich nicht möglich. Was hätte ich dagegen einwenden können?

Nun rückte sie mit einem Vorschlag heraus, der mir schlicht die Sprache verschlug. Sie hielte es für das Vernünftigste, wenn sie mich, ihre geduldige, tüchtige Pflegerin als Erbin einsetzte. Verwandte hätte sie nicht. Warum denn das ganze Vermögen dem gierigen Staat in den Rachen werfen? Eine solche Vereinbarung würde ja hierzulande tausendfach getroffen. So könne sie mich auf einen Schlag reich entschädigen. Das hörte sich zwar recht überzeugend an, aber ich erklärte trotzdem geradeheraus, ich wolle Taten sehen. Sie seufzte, bestellte aber schon am folgenden Tag den Notar und führte mit ihm ein langes Gespräch.

Nachdem ich das neue, von der Haushälterin und ihrem Arzt unterschriebene Testament gelesen hatte, war ich beruhigt. Abgesehen von einigen kleineren Schenkungen für karitative Vereinigungen und ihre anderen Angestellten sollten Haus und Vermögen mir gehören.

Sie hatte mich gekauft, das war mir durchaus klar.
Ihr leider ebenfalls. Und genauso führte sie sich hinterher auch auf. Ungenießbar! Absolut bösartig! Ich war ihre Sklavin, über die sie jederzeit verfügen konnte. Tag und Nacht. Von meinem freien Tag war schon lange nicht mehr die Rede. Sie schlief schlecht und litt unter Inkontinenz, war wund vom vielen Sitzen und musste deshalb häufig umgebettet werden. Das bedeutete für mich ständige Rufbereitschaft. Um wenigstens in den Pausen Ruhe zu finden, schluckte ich Schlafmittel. Allmählich sah ich aus wie eine Magersüchtige kurz vor dem Exitus. Natürlich hätte ich kündigen können, aber wo bliebe dann der Lohn für meine Mühe? Sehr raffiniert ausgedacht! Und ich Idiotin war auf diesen Handel hereingefallen! Bis jetzt war ich bloß wütend auf sie gewesen – nun jedoch hasste ich sie von ganzem Herzen. Ob sie das mitbekam? Doch wozu sich darüber den Kopf zerbrechen?

Es gab nur einen Gedanken, der mich tröstete, mich aufrechterhielt, nämlich der Gedanke an eine sorgenfreie Zukunft. Die Welt stünde mir offen! Medizinstudium, Umbau der Villa in ein Seniorenstift, ein Auto, hübsche Kleider, Reisen, ein neuer Freund … Ich sehnte den Moment herbei, an dem ich die alte Hexe endlich los wäre.

Neuerdings schien sie mehr und mehr Gefallen an dem Spiel zu finden, das sie mit mir trieb. Sie lebte auf wie ein Vampir nach der Mahlzeit. Es sah leider ganz und gar nicht so aus, als würde sie in absehbarer Zeit auf natürliche Weise abtreten.

In meiner Verzweiflung malte ich mir allerhand Möglichkeiten aus, wie ich der Natur nachhelfen könnte, ging sogar bis in die Einzelheiten, versuchte aber nie, sie in die Wirklichkeit umzusetzen. Als mein Quälgeist mir eines Abends grinsend ein Glas Möhrensaft vor die Füße kippte und so meine neuen hellen Hosen ruinierte, hatten meine Hände im Geist schon ihren dürren, faltigen Hals umklammert – doch *getan* habe ich nichts dergleichen. Aus purer Feigheit, nicht etwa, weil ich eine solche Lösung gescheut hätte. Ich merkte, dass ich allmählich sämtliche Maßstäbe verlor, doch konnte und wollte ich nichts dagegen tun.

Die Entscheidung fiel zwei Jahre, drei Wochen und vier Tage, nachdem ich meinen Dienst angetreten hatte.

Ein schwüler Sommertag, am Himmel schwarze Gewitterwolken. Die Kranke, wetterfühlig und deshalb besonders schlecht gelaunt, saß im Rollstuhl und sah fern. Ihre Lieblingssendung. Sie fing sofort an, sich über den schlechten Empfang zu beklagen, als ich von einer dieser unerfreulichen Besprechungen mit der widerspenstigen Haushälterin zurückkehrte. Ich fertigte die Querulantin kurz ab, was das Klima nicht gerade verbesserte. Streit lag in der Luft.

Das Rührstück wurde bald durch Werbung unterbrochen.

Missvergnügtes Knurren, dann jedoch volle Aufmerksamkeit: Eine Maxidose »Tasty light, für Diabetiker« füllte den Bildschirm. Ich ahnte, was folgen würde.

»Ilona, ich möchte von diesem Eis!« Meinen Einwand, die Patientin hätte die zulässige Menge an Kohlehydraten und Fetten heute schon ausgeschöpft, wischte sie mit einer Handbewegung beiseite.

»Ist mir egal«, sagte sie dickköpfig.

»Aber mir nicht! Schließlich bin ich für Sie verantwortlich! Das kann ich nicht zulassen!« gab ich ruhig, aber bestimmt zur Antwort.

»Dummes Zeug! Ich *will* mein Eis! *Sofort*!«

Dem zweiten Argument, alle Läden seien am Sonntag geschlossen, setzte sie postwendend ein triumphierendes »Und die Tankstellen?« entgegen. Dass die Haushälterin schon weggefahren war, wollte sie ebenfalls nicht gelten lassen.

»Sie gehen!« schrie sie zornig. Und als ich den Kopf schüttelte, trommelte sie mit den Fäusten auf die Armlehnen ihres Rollstuhls und kreischte wie ein Kind im Trotzalter: »Ich will mein Eis, ich will mein Eis!«, hörte nicht auf zu kreischen, wurde erst krebsrot und danach kreidebleich. Sackte plötzlich in sich zusammen. Ich betrachtete das Fuchsgesicht einen Augenblick aufmerksam. Die Symptome waren eindeutig.

Ich kam nur sehr langsam voran, weil der Wind mir entgegenblies. Das bewusste Eis war noch nicht im Handel. Also kaufte ich ein anderes. Zur Sicherheit.

Sie lag noch genauso im Rollstuhl, wie ich sie verlassen hatte.

Als ihre Pflegerin durfte ich im Krankenwagen mitfahren. Der Notarzt gab sich alle Mühe, bot sein ganzes Arsenal auf. Trotzdem setzten ihre Herztöne aus, als wir die Klinik erreichten. Niemand fragte mich, wo ich gewesen sei, als sie zusammenbrach.

In dieser Nacht schlief ich tief und fest– zum ersten Mal seit langem.

Eine Woche später verlas der Notar Frau Falkenhains letzten Willen.

Das Testament war vier Jahre alt. Eine Neufassung lag nicht vor. Abgesehen von den Legaten, die ich schon kannte, hatte die Erblasserin ihr Vermögen der Kirche vermacht. Sie wusste wohl, weshalb.

Für mich blieb, wie im Arbeitsvertrag festgelegt, ein Monatsgehalt als Entschädigung – und ein gerahmtes Porträt meiner Arbeitgeberin, das sie mir als Geburtstagsgeschenk aufgedrängt hatte.

Schachmatt

Stefan Matzky lächelte zufrieden. Ganz pünktlich, der ICE. Auf die Minute. Er griff nach dem Diplomatenköfferchen und knöpfte den hellen Trenchcoat sorgfältig zu, ehe er sich in Bewegung setzte. Nur keine Eile.

»Ideale Bedingungen«, dachte er.

Trübes Wetter außerhalb der Saison, Spätnachmittag, auf dem Bahnsteig nur ein Dutzend Fahrgäste. Die ließ er erst einsteigen, nahm dann mit elegantem Schwung die hohen Stufen. Rico hatte recht gehabt. Das Training zahlte sich aus. Er war in Topform. Wie immer hatte er auf eine Platzreservierung verzichtet. Flexibilität ist beinahe alles in diesem Job. Außer Vorsicht natürlich.

Also jetzt das gesamte Programm abspulen. Einen Schritt nach dem anderen. Ganz systematisch. Warten, bis die anderen ihren Sitz eingenommen haben. Großraumwagen zügig durchqueren, an den geschlossenen Abteilen entlangschlendern, die Insassen mustern, seine Chancen abschätzen, schließlich wählen.

Wählen? Oh nein, keineswegs. Es gab nicht *ein* auch nur annähernd akzeptables Objekt. Jedenfalls nicht bis zum vorletzten Abteil. Hier könnte er es immerhin versuchen. »Nur wer wagt, gewinnt!« – Ricos Maxime.

Die ältere Dame hob den Kopf, ließ die FAZ sinken, sah ihn aufmerksam durch die Lesebrille an und erwiderte seinen Gruß, gemessen, aber nicht unfreundlich. Gleich danach vertiefte sie sich wieder in ihren Artikel, der sich, so las er in Spiegelschrift, mit einer gewissen »Edda« befasste. Die kannte er nicht, also auf keinen Fall über sie reden. Zu heiß. Politik wäre besser, ganz allgemein, oder auch das Fernsehprogramm.

Unter Umständen sogar sein Beruf. Immobilienmakler. Das klang seriös, passte perfekt zu seinem derzeitigen Outfit.

Während Matzky das Köfferchen in die Ablage hievte und seinen Mantel vorsichtig über den Haken drapierte (Heute würde er den Aufhänger *nicht* abreißen, das hatte er Ulla geschworen. Warum machte sie nur bei jedem kleinen Missgeschick so ein endloses Theater?), während dieser eher beiläufigen Hantierungen entwarf er das Drehbuch für die nächsten 80 Minuten in groben Umrissen. Länger durfte diese Episode nicht dauern. Falls keine Ereignisse einträten, die man unter »höhere Gewalt« einordnen könnte.

Kleiner Wermutstropfen: Er saß mit dem Rücken in Fahrtrichtung. Bloß nicht nach draußen schauen; fatal, wenn ihm übel würde. Lieber das in Frage kommende Objekt studieren. Alle Einzelheiten registrieren. Sich ein Bild machen. Schlüsse ziehen. Einen detaillierten Plan entwerfen.

Je länger er sich mit seinem Gegenüber befasste, desto besser wurde seine Laune. Sie war ohne Zweifel geeignet. Eine Frau von Geschmack. Aber nicht nach seinem. Zu alt. Und zu bieder. Mit hellblauer Seidenbluse über dem grauen, kniebedeckenden Faltenrock. Schuhe wie die englische Königin, mit Vier-Zentimeter-Absätzen, schwarz. Außerdem sensibel, denn sie spürte, dass er sie fixierte, faltete die Zeitung zusammen und sah ihn ihrerseits mit großen, ebenfalls hellblauen Augen an. Ihm fiel auf, wie bleich sie war. Ungewöhnlich bleich. In Anbetracht ihrer grauen Haare hatte sie erstaunlich wenige Falten.

Ihre Perlenkette stammte nicht von Tchibo, da war er sicher. Der restliche Schmuck, die Ohrstecker, der Aquamarin an der Linken, die Armbanduhr, alles unauffällige, beste Qualität. Nagte bestimmt nicht am Hungertuch. Es würde sich lohnen.

Sie hob den rechten Arm, strich sich über die Locken. Der goldene Doppelring rechts signalisierte: »Ich bin frei.« Oder sogar: »Wer tröstet mich?«. Großartig. Das erleichterte seine Aufgabe enorm.

»Oh«, sagte sie plötzlich mit einem verzagten Blick zum Fenster, »es regnet ja! Und ich habe meinen Schirm vergessen. Hoffentlich bringt meine Tochter einen mit.« Der Appell an seinen Beschützerinstinkt war überdeutlich.

»Sie meint wohl, sie könnte mich für ihre Zwecke benutzen, was?« dachte er erbost. »Da irrt sie sich aber gewaltig!« In Wirklichkeit lieferte sie *ihm* genau die Stichwörter, die er brauchte. *Er* bestimmte, wo es langging! Er, der Profi, der bloß mal eine Pechsträhne gehabt hatte. Aber die war jetzt vorbei. Davon war er überzeugt.

Am liebsten hätte er sie tüchtig zusammengestaucht oder wenigstens überlegen gelächelt, verkniff sich das aber gerade noch rechtzeitig. Solche kapitalen Fehler machen nur Anfänger.

Statt dessen fragte er: »Ihre Tochter?« und gab seiner Stimme einen warmen Klang.

»Ja, meine Kathrin. Die einzige Freude, die ich habe, seit mein Mann tot ist.« Ein halblauter Seufzer, dann nach einer Pause: »Sie wird mich am Bahnhof Zoo abholen. Wir wollen ihren Erfolg feiern.«

»Ach?« Matzky beugte sich vor, um sein Interesse zu unterstreichen.

»Kathrin hat den letzten Wunsch meines Mannes erfüllt, ist jetzt Chirurgin. Wie er. Sie hat darauf bestanden, dass ich komme. Ich habe die ganze Nacht nicht geschlafen, so aufgeregt war ich.«

»Auf ein solches Mädchen können Sie stolz sein. Wenn man bedenkt, wie viele Kinder heute aus dem Ruder laufen … Alkohol, Drogen, kein Schulabschluss …« Das hörte sich besorgt an, besorgt um die Zukunft der jungen Generation. Klug und nachdenklich, sozial engagiert. Macht sich immer gut, besonders bei einer wie ihr.

Die Witwe stand auf, reckte sich und hob mit erstaunlicher Behendigkeit einen dieser praktischen Trolleys aus der Ablage über ihrem Sitz. Öffnete diesen und jenen der zahlreichen Reißverschlüsse, wühlte in diversen Fächern, hielt endlich triumphierend ihre Brieftasche in die Höhe. Klappte sie arglos auf, ließ ihn einen bunten Strauß von Kreditkarten sehen. Fingerte von ganz unten ein Foto hervor und hielt es ihm unter die Nase.

»Donnerwetter! Die ist aber hübsch! Ganz die Mutter! Wie aus dem Gesicht geschnitten.« Das stimmte aufs Wort. Eine jüngere Ausgabe seines Gegenübers, diese Kathrin, blauäugig, schwarzhaarig, modisch frisiert, das Gesicht rosig, dezent geschminkt. Mit exakt dem gleichen Lächeln. Die hätte ihm auch gefallen.

»Erstaunlich, diese Ähnlichkeit!« Sie versicherte, das fänden alle, wobei sie ein wenig kokett den Kopf senkte und seinem Blick auswich.

Also, entweder eine höchst naive oder sehr raffinierte Person. Was im Grunde aber ziemlich egal war. Denn Matzky hatte jeden ihrer Handgriffe mit gespannter Aufmerksamkeit verfolgt. Er wusste jetzt genau, wie er vorgehen würde. Diesmal würde alles klappen wie am Schnürchen. Rico würde staunen.

Stefan Matzky lenkte das Gespräch in seine Richtung, erzählte ein paar unglaubliche Anekdoten aus seinem Berufsleben, ließ durchblicken, wie erfolgreich er sei. Sie lauschte ihm aufmerksam, flocht ab und zu eine Bemerkung ein, die erkennen ließ, dass sie ihn amüsant fand, vielleicht sogar beeindruckend. Das schmeichelte ihm.

Irgendwann ließ er die Unterhaltung versanden, legte den Kopf an das Polster, was ihm aus hygienischen Gründen eigentlich widerstrebte, und gähnte kaum hörbar hinter der vorgehaltenen Hand. Verstohlen sah er auf seine Uhr. Noch 37 Minuten bis Spandau. Dort würde er aussteigen. Wenn alles glatt ging. Falls nicht, müßte er improvisieren. Wäre nicht zum erstenmal.

Er schloss die Augen und begann in regelmäßigem Rhythmus zu atmen. Wartete darauf, nun schon ein wenig nervös geworden, dass sie endlich fest einschlief. Jeder schläft irgendwann in der Bahn, wenn er übernächtigt ist und alle anderen ebenfalls ein Nickerchen machen. Das steckt an. Wie das Gähnen.

Aber auf diese Art sollte er nicht zum Zuge kommen. Die Tür wurde überraschend aufgeschoben: Ein überdimensionaler Servierwagen, bestückt mit allerlei Erfrischungen, wurde präsentiert. Das hatte gerade noch gefehlt!

»Ich möchte bitte einen Kaffee«, sagte das potentielle Opfer munter, nachdem es das Angebot gemustert hatte, »mit Milch und viel Zucker.«

»Mir auch einen!« verlangte Matzky ziemlich barsch. Er sah seine Felle schon davonschwimmen.

Und dann hatte er eine Erleuchtung. Vielleicht würde der Kaffee – man weiß ja, wie der besonders bei älteren Leuten treibt – die Gute veranlassen, die Toilette aufzusuchen? Natürlich ohne den Trolley, der wieder in der Ablage ruhte. Zwei, drei Minuten – das würde genügen. Eine letzte, sehr vage Möglichkeit, das war ihm klar. Aber hatte er nicht alles versucht, was in seiner Macht stand? Rico würde ihm das glauben müssen. Und wenn nicht? Darüber wollte er jetzt nicht spekulieren.

Lieber sie zum Kaffee einladen, das umständliche Gekrame

nach dem Geld vermeiden, damit die erwünschte Wirkung möglichst schnell einträte.

Jetzt standen die beiden Plastikbecher nebeneinander auf dem Tischchen zwischen den Sitzen. »Brühheiß!« sagte sein Gegenüber anklagend, »immer ist der Kaffee brühheiß!« Matzky nickte wortlos. Er hatte sich schon die Finger verbrannt.

Der Kaffee dampfte vor sich hin. Gleichförmig rann der Regen über die Scheiben. Die beiden Reisenden hingen ihren Gedanken nach. Warteten.

Die Minuten verflossen unaufhaltsam. Der Mann begann zu schwitzen.

Irgendwann hielt er es nicht länger aus. Er trat in den Gang, schloss die Tür des Abteils sorgfältig hinter sich, drehte sich um und schaute eine Weile in den tristen, wolkenverhangenen Himmel. Wählte dann die Nummer, die er auswendig kannte.

Auf seine Erklärung, er könne den Job nicht wie geplant erledigen, es sei etwas schiefgelaufen, reagierte Rico mit einem knappen »Ach ja?« Dann war die Leitung tot.

»Probieren Sie doch auch mal!«, sagte die Witwe kurz darauf zu ihm, lächelte und nahm noch einen Schluck Kaffee. »Schmeckt gar nicht so übel.«

Er folgte ihrer Aufforderung. Sie hatte vollkommen recht: Der Kaffee war tatsächlich genießbar. Allerdings – ziemlich stark. Nein, eigentlich sogar …

Als Matzky erwachte, fühlte er sich elend. Hundeelend. Einen Augenblick lang hatte er Mühe, sich zu orientieren.

Der Platz gegenüber war leer.

Sie hatte alles mitgenommen. Veras neues Notebook. Seine

Brieftasche mit sämtlichen Ausweisen, das Handy und seinen Schlüsselbund.

Nein, nicht *alles*. Auf dem Sitz gegenüber lag eine graue Perücke.

Diät

Er ließ wirklich keine Gelegenheit aus, mir meine körperliche Unzulänglichkeit unter die Nase zu reiben. Als wäre *er* ein Adonis mit seinen Falten und den mausgrauen Haarsträhnen!

Ich verzichtete längst darauf zu widersprechen, wenn er unsere Mahlzeiten mit Sätzen würzte wie: »Gestern habe ich gelesen, dass es eine neue Diät gibt, mit der man *garantiert* abspeckt! Solltest du mal probieren!«

Jahrelang habe ich, um ihm zu gefallen, alles Mögliche versucht: Punktediät, Schrothkur, Ananasdiät, Trennkost, Eiweißdiät ... Nichts habe ich ausgelassen, was gerade modern war. Aber ich verlor danach auf Dauer kein einziges Kilo. Ich habe einfach zu gern genascht. Das ist doch kein Verbrechen, oder?

Georg selbst war übrigens auffallend mager, weil er zu Hause nie viel Appetit hatte. Offenbar hat ihm nicht geschmeckt, was ich gekocht habe. Das hat seine Mutter mir jedenfalls dauernd vorgeworfen. Jetzt ist sie tot.

Vor einiger Zeit hatte er tatsächlich eine dieser alten Vinyl-Platten herausgekramt, auf der Charles Aznavour seiner Frau dringend rät, mal was für ihre Figur zu tun. Die spielte er dann mindestens einmal täglich im Wohnzimmer nebenan. So laut, dass ich es einfach nicht überhören *konnte*.

Na ja, das war wenigstens mal etwas Neues. Ich habe deswegen gleich mit meiner Freundin telefoniert. Als Georg im Amt war – er ist Finanzinspektor – und wir ungestört reden konnten.

Leider bin ich nicht wie Heike. In keiner Beziehung. Sie ist rank und schlank, außerdem geschieden und gabelt sich, wenn sie es nötig hat, in einer Disco jemand auf. Ganz unverbindlich. Neuerdings arbeitet sie halbtags im Fitnessstudio. Ich habe nach dem Abitur – mit mäßigen Noten übrigens – gleich geheiratet. Dann kamen die Kinder. Folglich bin ich »Nur-Hausfrau«.

Heike war entsetzt über Georgs Roheit. Sie fand, es sei höchste Zeit einzugreifen.

»Du musst was tun, sonst gehst du ein wie eine Primel«, befand sie. Mein Selbstbewusstsein müsse unbedingt aufpoliert werden, sonst würde ich depressiv. Was ich denn davon hielte, mal bei ihr im Studio reinzuschauen? Selbstverständlich kostenlos. Das könne sie managen. Sie ist eine sehr hartnäckige Person. Schließlich kapitulierte ich.

»Body Shape« lag draußen im Gewerbegebiet und hatte die Attraktivität einer Fabrikhalle. Drinnen eine Bar, an der durchtrainierte junge Leute in knallbunten Anzügen ebensolche Drinks schlürften. Ich fühlte mich total fehl am Platz, obwohl meine Freundin sich rührend um mich kümmerte. Mit dem Standfahrrad – auf niedrigster Stufe, versteht sich – kam ich noch einigermaßen zurecht, auch mit dem Stepper. Am Bauchtrainer aber war ich eine totale Niete – sogar ohne Gewichte. Ich lag auf dem Rücken wie ein fetter Mistkäfer und war nach drei Zügen matt. Meine Freundin versicherte mir, das gäbe sich alles mit der Zeit.

Es gab sich jedoch nicht. Weder meine Lustlosigkeit noch die Schlaffheit meines Bizeps und aller sonstigen Muskeln. Wofür eine derartige Schinderei? Und das mit größter Wahrscheinlichkeit für den Rest meines Lebens! Ohne mich! Heike reagierte sauer, als ich wegblieb. Seitdem hat unsere Freundschaft einen Knacks.

Nun war ich mit meinem Problem allein. Ich brauchte dringend Mitstreiter. Vielleicht würde ich ja in der Regionalzeitung fündig?

Die Selbsthilfegruppe »Big Sisters« tagte immer um 11, und die Gebühren waren niedrig. Diesmal brauchte ich mich nicht zu schämen. Ich war bei weitem nicht die Gewichtigste. Die meisten dieser »Schwestern« brachten mit Sicherheit zwei Zentner auf die Waage. Aber es gab auch einige, bei denen die Kur – oder was immer es war – schon sichtbar gewirkt hatte. Sämtliche Gesichter blickten bei der Begrüßung hoffnungsvoll zu der Kursleiterin auf, einer Figur gewordenen Verheißung, dass man es schaffen könnte. Mit Disziplin und Ausdauer, wie sie betonte. Also auch hier dieselbe Hürde, die ich zu überwinden hätte. Als Neue musste ich alle meine gescheiterten Versuche aufzählen und offen bekennen: »Ich bin am Ende mit meinem Latein!« Diese Erklärung sei der Anfang eines neuen Lebens, versicherte mir die Lehrerin, die mich selbstverständlich duzte, und alle nickten. Anschließend wurden die Teilnehmerinnen in Gut und Böse geschieden, je nachdem, ob sie das vereinbarte Abspeck-Soll in der vergangen Woche erfüllt hatten – oder eben nicht. Wir erfuhren danach eine Menge über den Body-Mass-Index, empfehlenswerte Körperfett-Waagen, hilfreiche und schlimme Cholesterinwerte und wieviel Kalorien in einem Filetsteak von 180 Gramm stecken. Sehr nützliches Wissen für jemand, der keine Ahnung hat. Ich langweilte mich. Diese »Big Sisters« waren entschieden nicht mein Ding.

Weil mein Ehemann nicht aufhören wollte zu sticheln – seine Abneigung gegen das, was er früher »üppige Formen« genannt und eindeutig bevorzugt hatte, entwickelte sich allmählich zu einer fixen Idee – weil er also nicht aufhörte, suchte ich neuen Beistand.

Diesmal garantiert professionellen. Bei einer Psychotherapeutin. Die brachte mein Problem schon nach zwei Sitzungen auf den Punkt: Ich hätte mich mit meiner Fettsucht abgefunden. Folglich sei es auch *meine* Aufgabe, diese Haltung zu ändern. Dann würde sich der Erfolg von selber einstellen. Meinen Protest, dass ich mich doch eigentlich ganz passabel fände, nur leider mein Mann nicht, wischte sie mit einer Handbewegung weg und meinte, das sei eine bloße Schutzbehauptung. Ich solle bis zum nächsten Mal darüber nachdenken, wie ich aktiv werden könne. Wundert es Sie, dass es kein nächstes Mal gab?

Von all diesen fruchtlosen Aktivitäten ließ ich natürlich bei Georg keine Silbe verlauten. Sollte ich ihm vielleicht auch noch die Munition für neue Attacken liefern?

In der Nacht, die auf diese letzte Pleite folgte, konnte ich keine Ruhe finden. Irgendwann stahl ich mich aus dem Schlafzimmer, in dem mein Ehemann friedlich schnarchte, brühte mir einen Tee auf und kuschelte mich aufs Sofa. Es war höchste Zeit für eine Bilanz.

Ich kam zu einem eindeutigen Ergebnis.

Die freundliche Buchhändlerin führte mich, nachdem ich ihr eine präzise Frage gestellt hatte, vor ein reich bestücktes Regal und ließ mich allein. Ich musterte die vielen Bände, zog hier und da einen heraus, blätterte darin und entschied mich nach gründlicher Prüfung für ein ziemlich umfangreiches Exemplar mit lockenden Farbfotos und ausführlichen Anleitungen. *Liebe geht durch den Magen. 1000 attraktive Gerichte für Hobbyköche.* Ein vielversprechender Titel, finden Sie nicht auch?

Zuallererst verordnete ich mir einen intensiven Trockenkurs über die Grundlagen der Kochkunst, ehe ich mich an die praktische Umsetzung der Rezepte wagte. Natürlich zur Probe im

Selbstversuch. Georg aß ja mittags im Amt ein paar Brote. Also hatte ich genügend Zeit zum Üben. Erstaunlich, wie gerne sogar ich lerne, wenn die Motivation nur stark genug ist.

Ungefähr drei Monate gingen vorüber. Zugegeben, voller Pannen – wie die mit dem zusammengefallenen Käsekuchen, den ich postwendend im Klo entsorgte – und voller echter Katastrophen – ich hatte den Nudelauflauf in den Backofen geschoben, und jemand hatte die Feuerwehr gerufen, während ich mit der Nachbarin über ihren Ehemann herzog, der sie in Serie betrog, was ich ihm nicht verdenken konnte, denn sie war das, was Männer so besonders schätzen – nämlich klatschsüchtig und äußerst nachtragend. Aber natürlich stellten sich mit wachsender Routine auch jede Menge Erfolgserlebnisse ein, wie sie beispielsweise eine perfekte Forelle Müllerin mit Mandelblättchen vermitteln kann.

Irgendwann im Winter fühlte ich mich einer Premiere zu zweit gewachsen. An einem Samstag, wenn das Finanzamt mit seinen Einsprüchen gegen vorgeblich fehlerhafte Steuerbescheide und den um die Gunst des Gruppenleiters buhlenden Kollegen schon – oder auch noch – in weite Ferne gerückt und die Atmosphäre in unserem bescheidenen Reihenhäuschen deshalb vergleichsweise entspannt ist.

Die Auswahl der Gerichte zog sich endlos hin; denn es gab da ein ganz spezielles Problem. Georgs kulinarischer Geschmack war von der allerkonservativsten Sorte. Seine Mutter selig hatte auf diesem Gebiet ganze Arbeit geleistet. Er mochte es ausschließlich »gutbürgerlich«, wie man so sagt. Ich stand also vor der Aufgabe, Bekanntes, Bewährtes so unauffällig mit Originellem zu verquicken, dass es nicht weiter auffiel – oder zumindest angenehm. Dieses Ziel vor Augen, durchforstete ich meine neue Gourmet-Bibel, komponierte eine Anzahl von möglichen Menus und entschied mich nach langem Brüten für das simpelste. Man soll ja nichts überstürzen. »Immer langsam mit den jungen Pferden!«, so hatte es mich *meine* Mutter gelehrt.

Mein Testessen aus **Lauchsuppe auf ländliche Art, rustikalem Sauerkraut-Auflauf und Orangencreme sehr fein** wurde ein voller Erfolg. Das hatte ich noch nie erlebt: Mein Ehemann ließ sich mehrmals nachlegen! Wahrscheinlich wäre jetzt auch meine Schwiegermutter mit mir zufrieden gewesen.

Diese positive Bestätigung ermutigte mich zu immer gewagteren Kreationen, denen Georg, so flexibel, wie ich es vorher niemals für möglich gehalten hätte, eifrig zusprach.

Als der Sommer kam, beschuldigte er mich eines Tages, ich hätte ohne Zweifel seine Shorts vom vorigen Jahr zu heiß gewaschen. Sie ließen sich beim besten Willen nicht mehr zuknöpfen. Ich schickte ihn damit kurzerhand zum nächsten Änderungsschneider. Der begrüßte ihn schon nach einem halben Dutzend Besuchen wie einen alten Freund und räumte ihm unaufgefordert einen Mengenrabatt ein.

Seine haltlose Beschuldigung nahm Georg zwar später nicht ausdrücklich zurück, wiederholte sie aber auch nicht. Ich verzieh ihm – er hatte ja schon sein Päckchen zu tragen.

Obwohl es mir schwerfiel, gab ich keinerlei Kommentar zu der neuen Situation ab. Georgs Kollegen waren da nicht so diskret. Beim Kegeln – ich war dabei – machten sie fortwährend Anspielungen auf sein verändertes Erscheinungsbild. Er litt sichtbar darunter, wehrte sich jedoch nicht, hatte es wohl längst aufgegeben. Ebenso wie die Aznavour-Manie und seine anderen boshaften Anspielungen.

Mir selbst ist die Diät gut bekommen. Jedenfalls – zugenommen habe ich kein Gramm. Vielleicht deshalb, weil meine Heißhungerattacken der Vergangenheit angehören. Wenn überall die Kekse und Pralinen offen herumstehen, fehlt eben der Reiz des Verbotenen. Wie in einer Süßwarenfabrik, wo jeder soviel essen darf, wie er will.

Gestern nach dem Mittagessen, es war ein Sonntag, und ich hatte mich zur Feier des Tages besonders ins Zeug gelegt, sagte Georg den Satz, auf den ich so lange gewartet hatte.

»Ich glaube«, sagte er und knöpfte dabei seufzend seine Weste auf, »ich glaube, ich habe etwas zugelegt.«

»Und was willst du dagegen unternehmen?« fragte ich interessiert zurück und legte eine Prise Mitgefühl in meine Stimme.

»Na, was denkst *du* denn! Abnehmen natürlich! Ich schaffe das! Wäre ja gelacht!«

»Wie du meinst, Georg«, erwiderte ich sanft.

Ich bin ja nicht rachsüchtig.

Umweltdienste

I.

Sind Sie auch ganz sicher, dass Sie die Sache wirklich interessiert?

Ich möchte Sie nicht langweilen mit meiner Geschichte. Ist gar nichts Besonderes, kommt Ihnen vielleicht sogar bekannt vor, weil Sie doch in der gleichen Lage sind. Oder wenigstens ähnlich. Könnten wir uns einen Moment auf diese Stühle da setzen, wo der Wind nicht so stark ist? Muss an der Seeluft liegen, dass ich immer gleich müde bin, oder?

Na ja, ganz leicht war das nicht für mich in der letzten Zeit, da haben Sie recht. Viel Stress, jede Menge Papierkram, Versicherungen und so. Er hat mich nie rangelassen an solche Sachen. Hat sicher gedacht, ich würde das doch nicht verstehen. Schön dumm hab' ich dagestanden mit seinen vielen Aktenordnern, jedenfalls zuerst. Und das große Haus – was soll ich mit 150 Quadratmeter – musste auch an den Mann gebracht werden, natürlich nicht als Notverkauf. Gut, dass ich das alles hinter mir habe!

Nein, arbeiten gehen muss ich jetzt nicht mehr. War auch ziemlich öde, der Job bei *Essers Umweltdienste*. Früher nannte man das einfach Müllabfuhr. Alles grün angestrichen, die Müllwagen, die Hallen zwischen den Rübenfeldern und natürlich auch das Büro. War mir aber egal, Hauptsache, ich konnte Geld verdienen mit der Tipperei und musste meinen Mann nicht wegen jeder Kleinigkeit fragen.

Er hatte nämlich das dicke Gehalt und gab tüchtig damit an. Ingenieur war er, unter Tage bei *Sophia Jacoba*. Erinnern Sie sich nicht? Die Zeche in Hückelhoven. Zwischen Mönchengladbach und Aachen, am Niederrhein. Wurde dauernd im Fernsehen drüber berichtet, monatelang. Protestdemos, Mahnwachen, Audienz beim Bischof – hat alles nichts genützt, wurde trotzdem geschlossen. Ihm machte das nichts aus, er war ja gut dran, besser jedenfalls als die meisten. Kriegte 'ne hohe Abfindung und dazu die Rente: Ein richtiges Herrenleben, mit 50! Das Haus bezahlt, keine Schulden und keine Kinder, die man ewig durchschleppen muss. Fühlte sich richtig wie die Made im Speck.

Nein, ich eigentlich nicht. Musste morgens früh raus, dann der todlangweilige Job bei Esser und abends … Er hatte schon immer gern einen getrunken, tun viele Bergleute, habe ich mir sagen lassen. Ging auch an Kirmes in die Mehrzweckhalle oder zum Schützenfest, konnte nie ein Ende finden mit dem Feiern. Hatte oft auf der Arbeit einen dicken Kopf, ist aber nie was Schlimmes passiert, bis auf den abgequetschten Daumen links. War ihm ein schweres Gerät draufgefallen. Keiner hat gemerkt, was mit ihm los war.

Zuerst fand ich das toll, wie geschickt er war, ein richtiger Bastler. Brachte das Haus in Schuss – wir hatten es gebraucht gekauft, war ziemlich vergammelt – konnte alles, machte alles, war immer beschäftigt nach der Arbeit; Handwerker haben wir nie gebraucht. Wenn Sie mich so fragen: Irgendwann ist mir das Sägen und Klopfen schon auf die Nerven gegangen und den Nachbarn leider auch. Die haben sich ständig beschwert, natürlich bei mir, weil *er* ja nicht zu sprechen war. Sicher, nach dem Unfall mit dem Daumen musste er mit dem Basteln kürzertreten, schaffte manches einfach nicht mehr. Hat es wohl versucht, und wenn es nicht klappte, dann hat er rumgebrüllt. War mir richtig peinlich!

Nein, ich konnte da gar nichts erreichen bei ihm. Hat immer genau das Gegenteil von dem getan, was ich gewollt hab'. Ein echter Macho eben, wie meine Freundin sagt. Ach, wirklich, Ihrer auch? Dann wissen Sie ja Bescheid. Ich muß blöd gewesen sein, dass ich auf so ein Benehmen abgefahren bin. *Männlich!* Da kann ich wirklich nur lachen! Aber was sollte ich machen? Wenn es *schon einmal* schiefgegangen ist mit einer Ehe, dann steckt man eine Menge ein. Beim zweitenmal muss es einfach klappen, verstehen Sie? Nennt man, glaube ich *Erfolgszwang*, habe ich mal in der *Brigitte* gelesen.

Als die Zeche dichtgemacht hatte, war erst mal Friede, Freude, Eierkuchen bei uns. Er ist in die Stadt gefahren zum Einkaufen, hat durchgesaugt, den Rasen gemäht und manchmal sogar was für abends gekocht, immer Nudeln, das konnte er nämlich. Richtig verwöhnt hat er mich, in jeder Beziehung. Ich hab' echt gedacht, ich wär' ins Paradies geraten.

Da hatte ich mich aber geirrt. Haben nur ungefähr einen Monat gedauert, diese zweiten Flitterwochen, dann hatte er alles schon über, den Haushalt – und mich auch. Hing wirklich fast den ganzen Tag zu Hause 'rum, nur einmal in der Woche zum Video-Shop und zweimal täglich den Hund ausführen nach *Kackmandu* um die Ecke. Alle brachten ihre Hunde dahin, weil sie zu faul zum Laufen waren, jedenfalls alle Rentner.

Dort hat er sich dann mit dem alten Endrikat angefreundet und mit dem Ragowski, das waren die letzten von den Flüchtlingen, die nach dem Krieg in unserer Siedlung gebaut haben. Große Nutzgärten, alles grün, mir gefiel das. Die beiden hat er dann eingeladen zu uns. Sie merken sicher, worauf das hinauslief, oder? Herrenabend, zwei- bis dreimal die Woche. Die Schnittchen durfte *ich* schmieren und aufsetzen, dazu jede Menge Bier und Korn – und wenn ich schlafen wollte, wurde es erst so richtig laut. Haben rumgegrölt, die Männer, und die Karten auf den Tisch gehauen, dass es nur so krachte.

Konnte mit dem Ingo aber nie drüber reden, hat sofort gesagt, dass das *sein* Haus wäre, das er mit seinem schwer verdienten Geld bezahlt hat, und er lässt sich von mir keine Vorschriften machen, von *mir* schon mal überhaupt nicht. Dass ich dann heulend im Bett lag, habe ich ihm natürlich nicht auf die Nase gebunden. Er hätte nur gelacht und sich prima gefühlt.

Am nächsten Abend (die ekligen alten Kerle warteten schon ganz gespannt, was passieren würde) haute er mir mit aller Kraft auf den Po und fragte, ganz unschuldig tuend, in die Runde: ›Sieht sie nicht aus wie eine echte niederrheinische Rübe?‹

Diesmal habe ich nicht geheult, sondern nachgedacht. Sehr lange und gründlich. Auch über alles, was er sich schon früher so geleistet hatte.

Zuerst war mir das ganz harmlos vorgekommen, war es vielleicht auch, ganz am Anfang, sein dauerndes Gespotte über das ›Land der Runkeln und Rüben‹. Öde fand er die Gegend hier, nur Felder bis zum Horizont, wirklich fast nur Rüben und ab und zu eine Pappelreihe. Da müsste ich mal den Harz sehen! *Das* wäre ein Fest fürs Auge! Und Erkelenz? Oh Gott, was für ein Kaff! Nix Kultura, bloß die Burg und St. Lambertus. Was mir einfiele, *sowas* mit *Goslar* zu vergleichen – da kam er nämlich her.

Irgendwann ist mir dann aufgegangen, dass das gar kein Spaß mehr war von ihm, und es hat mich richtig geärgert und irgendwie auch beleidigt. Stimmt ja vielleicht, dass es woanders schöner ist, aber *mir* gefällt es eben *auch* da am besten, wo ich geboren bin und wo ich mich auskenne. Musste er das alles denn so runtermachen?

Aber man kann ja nicht ständig auf demselben Thema herumreiten, und so hat er sich eben was Neues ausgedacht, um mich zu ärgern. Er war bestimmt viel gebildeter als ich – habe ja nur Realschule – sprach auch schönes Hochdeutsch, aber ich denke, das war doch noch kein Grund, dauernd an mir herumzumeckern, wenn ich mal geredet habe wie jemand vom Niederrhein. ›Na, bist du wieder am Tun am Machen?‹ hieß es dann gleich und was von ›Deutsch erste Fremdsprache‹, wo ich doch nie Platt gesprochen habe. Richtig Freude hat es ihm gemacht, wenn ich wütend geworden bin, und er hat sich einfach nicht abbringen lassen von seinen dummen Sprüchen. Irgendwann war ich das Gezerre leid. Was hätten Sie getan an meiner Stelle? Richtig, ich hab's mir abgewöhnt mit der Zeit, sogar den rheinischen Tonfall, und er war sehr zufrieden, dass er wieder mal gewonnen hatte.

Jedenfalls war sonnenklar, dass für ihn am Ende alles, was mit unserer Gegend zusammenhing, einfach das Letzte war. Und sogar ich hab' an dem Abend, wo er mich eine Rübe genannt hat, und das auch noch vor anderen, also da hab' ich endlich begriffen, dass er mich genau so hässlich und dämlich fand wie alles andere dort.

Vor 20 Jahren, da war ich, ehrlich gesagt, richtig froh, dass er mich genommen hat. War schon immer gut durchwachsen und meine Haare, na ja … Nichts Aufregendes eben und auch sozusagen schon gebraucht, ›secondhand‹, wie er gemeint hat. Damals kam mir das echt lustig vor. Und schöner bin ich ja auch nicht geworden mit den Jahren, vor allem nicht schlanker, obwohl ich mich so bemüht hab'. Aber er, er hat sich immer noch eingebildet, er wäre ein toller Kerl mit seinem Bierbauch und seiner Glatze. Nein, das habe ich ihm natürlich nie gesagt. Er konnte nämlich schrecklich wütend werden, wenn ihm etwas nicht in den Kram passte. Nein, nein, geschlagen hat er mich nicht, wenn Sie das meinen. *Das* hätte ich mir nicht gefallen lassen, was er wohl geahnt hat. Mal festhalten oder an die Wand drücken, zeigen, dass er viel stärker war als ich ... na ja, so schlimm fand ich das nicht. Außerdem hat er mich gebraucht. Eine Putzfrau oder eine Haushälterin wäre viel teurer gewesen. Deshalb hatte er sich wohl auch noch ein bisschen zusammengenommen, bis zu diesem Abend jedenfalls. Da hat es mir endgültig gereicht. Ich hatte den Kanal einfach voll!

Am nächsten Tag bin ich in die Stadt gefahren (Nein, nicht, was Sie denken, nicht *noch mal* dieses Theater mit einer Scheidung!). Es war ein Samstag, und die *Erka-Blömcher* hatten ein Treffen bei *La Grotta*. Kegelclub, nur für Frauen, Männer total unerwünscht! Warum nicht mal andersherum! Bin jedenfalls sofort eingetreten; meine Freundin, die Alexa, war richtig entzückt! ›Höchste Zeit, dass du dich mal endlich emanzipierst!‹ hat sie gesagt und mir ein großes Alt spendiert.

Bitte, sagen Sie's nur ehrlich: Es wird Ihnen wirklich nicht zuviel, wenn ich so meine privaten Probleme hier ausbreite? Gut, wenn Sie nichts Besseres vorhaben ...

Aber erfreulich ist das alles nicht, nein, wirklich nicht. Besonders das, was nun kommt. So was von sauer, wie der Ingo war, als ich ihm das mit dem Kegelklub erzählt habe! Hat erst gebrüllt, was mir eigentlich einfallen würde, so mir nichts, dir nichts einfach ein- oder zweimal die Woche abends abzuhauen und ihn alleinzulassen!

Da habe ich ihn ganz ruhig drauf hingewiesen, dass *er* ja seine Freunde hätte, und *ich* brauchte schließlich auch mal jemand zum Reden. An die Stirn hat er sich getippt, fassungslos mit dem Kopf geschüttelt und drei Tage mit mir kein Wort gesprochen. Mir war das jetzt sowas von egal, total egal, wenn ich ehrlich bin.

Von da an hat er sich so richtig gehenlassen, hat auf deutsch gesagt, echt die Sau rausgelassen. Fast jeden Abend Remmidemmi bei uns daheim, und morgens schlafen bis in die Puppen. Die ersten paar Wochen hat er noch selbst den Nachschub an Alkohol herangeschafft und auch seine Videos, Sie können sich schon denken, was für welche. Schließlich aber haben sie ihn erwischt mit 1,6 Promille. Der Führerschein war weg, für ein halbes Jahr, und sein Mercedes wurde abgemeldet.

Mein Mann ist nur noch im Jogginganzug herumgeschlumpt den ganzen Tag, unrasiert, hat sich manchmal das in der Mikrowelle gewärmt, was ich gekocht hatte, und hat immer fleißig dazu Bierchen gekippt und auch harte Sachen. Wenn ich dann heimkam, lag er oft schnarchend auf dem Sofa, und ich habe mich nicht getraut, ihn zu wecken.

Die Rentner sind, als er dem Endrikat eines Tages ohne Grund Prügel angedroht hatte, weggeblieben. Er war ihnen wohl irgendwie unheimlich.

Ich musste nun alles alleine machen, natürlich *nach* der Arbeit im Büro – den gesamten Haushalt, den Garten, das Einkaufen und dann noch diesen Köter ausführen, der immer nach mir geschnappt hat.

Einmal hatte man mich dazu verdonnert, Überstunden zu machen, weil der Computer gestreikt hatte, und da musste der Ingo für ein paar Stunden auf sein ›flüssiges Brot‹ verzichten. Er war in so einem jämmerlichen Zustand, als ich endlich nach Hause kam, dass er mir richtig leid tat. Ich habe versucht, mit ihm zu reden, obwohl das kein günstiger Moment war, aber wann hätte ich das sonst versuchen sollen? Zuerst hat er geheult und dann versprochen, er wollte sich bessern, aber heute müsste ich noch mal was für ihn zu trinken besorgen, das *allerletzte*

Mal, zum langsamen Abgewöhnen. Klar, morgen würde er aufhören, er wäre ja kein Alkoholiker.

Natürlich bin ich gefahren. Aus Mitleid und um Ruhe zu kriegen.

Irgendwann hat er dann aufgehört, was Ordentliches zu essen und hat geschrien und getobt, wenn er seinen ›Stoff‹ nicht rechtzeitig bekam. Ich hatte eine Heidenangst vor ihm. Sagen konnte ich keinem was, nicht einmal der Alexa, denn er hatte mir gedroht, dass ich ›eins auf die Rübe‹ bekäme, wenn ich die ›Schnauze aufreißen‹ würde. Die Nachbarn wunderten sich, dass der Ingo gar nicht mehr zum Vorschein kam. Ich habe halt gesagt, dass er viel zu tun hätte mit seinem Spanischkurs, für eine Reise nach Südamerika; damit hatte er früher mal wirklich angefangen. Wie ich selbst herunterkam bei dieser Art von Leben, können Sie sich bestimmt leicht ausmalen.

So durfte das einfach nicht weitergehen.

Auch bei den *Erka-Blömcher* fiel allmählich auf, dass ich mich mit immer dümmeren Ausreden vor den Kegelabenden drückte. Besonders die Alexa hörte nicht auf nachzubohren. Sie rief mich dauernd an und verlangte, dass ich ihr die Wahrheit sagen sollte.

Eines Abends, als der Ingo wieder im Vollrausch auf dem Sofa lag, habe ich mich mit meiner Freundin getroffen. Wir haben lange und sehr offen miteinander geredet. Sie hatte sehr viel Verständnis für meine schwierige Lage.

Zwei Tage später, es war ziemlich früh, und er hatte noch nicht soviel intus, habe ich meinem Mann gesagt, dass ich unbedingt mal raus müsste aus der Bude, sonst würde ich noch wahnsinnig. Er hat mich nur angeguckt, als wenn ich sowas Widerliches wäre wie eine Küchenschabe, dann hat er gebrüllt: ›Hau doch ab! Haut alle ab!‹ und hat nach seinem Bier gegriffen.

Er sollte seinen Willen haben.

Für das nächste lange Wochenende, über Christi Himmelfahrt, war der jährliche Kegelausflug angesetzt, zum *Sauerlandstern*. Alexa hatte mir klargemacht, dass ich diese günstige Gelegenheit unbedingt wahrnehmen müsste, um loszukommen.

Ich hatte alles gut vorbereitet. Keiner sollte mir hinterher Vorwürfe machen, dass ich irgendwas versäumt hätte. Zunächst habe ich jede Menge eingekauft. Fertigmenüs aus der Tiefkühltruhe, Brot, frisches Obst, Mineralwasser und Säfte. Nur ein paar Flaschen Bier, dass Ingo nicht ganz auf dem Trockenen saß. Die Nachbarin, die früher, als wir noch in Urlaub gefahren sind, immer die Blumen gegossen und abends die Rollläden heruntergelassen hat, habe ich gebeten, mal nach ihm zu sehen. Sie wüsste ja sicher, wie Strohwitwer wären: wie die Kinder. Eigentlich konnte er sie nicht leiden, weil sie so schrecklich neugierig war und er sie in Verdacht hatte, dass sie in unseren Schränken herumschnüffelte.

Am ersten Abend habe ich mal zu Hause angerufen, aber da plapperte nur der Anrufbeantworter, und keiner hat abgenommen. Ich war mir nicht mehr sicher, ob *ich* ihn eingeschaltet hatte, wahrscheinlich aus lauter Gewohnheit. Man macht eben immer dieselben Handgriffe und denkt gar nicht drüber nach. Sie kennen das sicher, oder? Also habe ich ein paar Sätze draufgesprochen, dass ich hoffe, es wäre alles in Ordnung, und er soll nicht vergessen, sich was zu essen zu machen. Ich wäre bald wieder da. Schon übermorgen.

Der ganze zweite Tag war total verplant: Preiskegeln, Wandern und ein ziemlich feucht-fröhlicher Abend mit Volksmusik und Tanz. Neben uns saß ein Klub aus Bochum, lauter Männer. Da ging die Post ab! Zum Telefonieren bin ich jedenfalls nicht mehr gekommen.

Morgens ist mir auf einmal heiß eingefallen, was ich vergessen hatte, und ich habe sofort versucht, Ingo an die Strippe zu kriegen, aber da antwortete wieder nur diese Maschine. Vielleicht war er noch zu verkatert zum Telefonieren. Ich habe gesagt, dass ich mir Sorgen mache, weil er nicht antwortet, und ich würde es nachher nochmal versuchen.

Nachmittags dasselbe Spiel. Dann habe ich die Frau Gehlen angerufen.

Die war furchtbar erbost und hat geschimpft, was mir denn einfiele, sie als Kindermädchen für einen Verrückten zu missbrauchen. Sie hätte bei uns geklingelt. Zuerst hätte sich nichts gerührt, deshalb hätte sie noch mal geklingelt, diesmal länger und auch unseren Namen gerufen. Plötzlich hätte eine Stimme von innen gegrölt: ›Verschwinde, alte Hexe!‹, und irgendwas Schweres wäre gegen die Tür gedonnert. Das hätte sie ja nun wirklich nicht nötig, sich so beleidigen zu lassen, wo sie es doch so gut gemeint hätte, das sollte ich bloß nur nie wieder … Konnte gar nicht mehr aufhören, so wütend war die.

Na, da habe ich unserer Vorsitzenden erzählt, dass ich richtig Angst hätte um den Ingo, und ob sie nicht wüsste, wie ich früher, am besten sofort, zurückfahren könnte, aber ihr fiel auch keine Möglichkeit ein, weil wir ja mit dem Bus gekommen waren. Also musste ich bis zum Abend warten. Was hätte ich denn tun sollen? Vielleicht die Polizei alarmieren? Die hätten mich doch nur für eine hysterische Ehefrau gehalten und mich abgewimmelt. Die Alexa, die zufällig dabeistand, hat mir gut zugeredet und gesagt, ich sollte doch kein schlechtes Gewissen haben, wenn ich den Ingo mal übers Wochenende alleingelassen hätte, schließlich wäre er doch ein erwachsener Mensch. Der wüsste schon, was er täte.

Am Sonntag, so gegen zehn Uhr abends, kamen wir dann endlich zurück. Als ich die Haustür aufschloss, sah ich sofort, dass irgendetwas nicht stimmte. Nirgendwo brannte Licht, und es war ganz still, so still, als wäre keiner da.

Ingo lag auf dem Sofa, rundherum eine Batterie leerer Flaschen, leichenblass, und ich konnte keinen Puls mehr fühlen.

Der Notarzt brauchte eine halbe Stunde, weil ich in der Aufregung vergessen hatte, den Ortsteil von Erkelenz anzugeben, in dem wir wohnten. Aber ich glaube, das hätte sowieso nichts mehr geändert. Er war schon klinisch tot, als sie ihn ins Krankenhaus brachten.

Ich habe mich die ganze Nacht herumgequält, wie er denn an den Alkohol geraten sein könnte. Ich hatte doch nichts falsch gemacht, oder sehen Sie das anders? Im Hellen habe ich dann entdeckt, dass die ganze rechte Seite meines ›Ritmo‹, der ja wie immer vor dem Haus stand, eingebeult war. Und der Zweitschlüssel hatte natürlich, auch wie immer, am Brett in der Diele gehangen.

Ich war ganz durcheinander und konnte gar nicht mehr aufhören zu weinen. Aber der Beamte von der Kripo, der den Fall untersuchte, hat mich beruhigt. Das hätte ich ja nicht wissen können, dass mein Mann, auch noch ohne Führerschein, mit meinem Wagen spät abends zum Kiosk am Bahnhof in Erkelenz fahren würde, um sich mit Bier und Schnaps zu versorgen. Das hatten sie sehr schnell herausgefunden, weil der Kassenzettel noch in Ingos Jogginghose steckte.

Die Untersuchung würde eingestellt. Mich träfe keine Schuld, ich hätte ja alles Erforderliche getan, das könnte ich doch nachweisen. Ein Mann von 50 ließe sich auch nicht festbinden, und bei Alkoholikern müsste man sowieso jederzeit mit bösen Überraschungen rechnen. Und dann hat der Kommissar angefangen, jede Menge Beispiele aus der Praxis zu erzählen. Das hat mir sehr geholfen, gegen das schlechte Gewissen. Er war sicher nicht besonders clever, aber sehr, sehr nett, vor allem zu Frauen.

Tja, das ist das Ende meiner Geschichte, ziemlich traurig, aber nicht mehr zu ändern. Es nützt nichts mehr, sich ständig Vorwürfe zu machen. Was hätten Sie an meiner Stelle getan? Eben, ich konnte einfach nicht anders.

Sehr freundlich von Ihnen, dass Sie mir so lange geduldig zugehört haben, als total fremder Mensch. Aber man braucht auf so einer langen Reise irgendwann mal einen, dem man sein Herz ausschütten kann. Darf ich Sie, als Entschädigung sozusagen, vor dem Abendessen zu einem Glas Sekt einladen?«

II.

»Nein, Herr Kommissar, Sie irren sich! Ganz bestimmt! Wir waren doch eng befreundet, die Anne und ich. Seit ungefähr einem Jahr.

Kennengelernt haben wir uns auf einer Kreuzfahrt. Sie hatte die in einem Preisausschreiben gewonnen. War auch Witwe, so was verbindet. Sie wissen doch, wie ich mit den Nerven runter war damals, nach Ingos Tod. Da brauchte ich einfach mal Erholung, das kann mir doch keiner vorwerfen. Sie doch ganz sicher nicht, oder?

Na ja, der Anne ging es finanziell nicht so gut wie mir, war nicht auf Rosen gebettet, wie sie immer gesagt hat. Nur eine kleine Rente von ihrem Mann. Nach der Reise haben wir oft telefoniert, mindestens zweimal die Woche. Ja, besucht hat sie mich auch einmal in meiner neuen Wohnung hier in Erkelenz. Hat ihr alles sehr gut gefallen am Niederrhein, besonders unser Städtchen. Kam ihr richtig gemütlich vor und irgendwie südlich, mit den vielen Straßencafés rund um den Markt. Und natürlich auch nicht so laut wie Hamburg.

Man hat ihr plötzlich die Wohnung gekündigt, wegen Eigenbedarf. Hat alles Mögliche versucht, konnte aber keine preiswerte Unterkunft finden. Hätten Sie eine Freundin auf der Straße stehen lassen? War doch nur für kurze Zeit gedacht, bis sie etwas Passendes gefunden hätte. Ist ja hier viel billiger als in so einer Großstadt.

Ich war auch froh, dass ich nicht mehr so allein war. Meine Freundin Alexa konnte sich nämlich kaum noch um mich kümmern, seit sie verheiratet war. Gut, wenn Sie meinen. Ich sehe ein, dass das für Ihre Untersuchung nicht wichtig ist.

Wir haben uns prima vertragen, die Anne und ich. Wer was anderes sagt, der lügt. Klar, es gab schon mal Streit, aber wo gibt's den nicht? Sie haben sicher auch ab und zu Krach mit Ihrer Frau, das ist doch vollkommen normal.

Was die Leute so alles behaupten! Da kann man nichts drauf geben, das müssten *Sie* doch wissen. Die Anne hatte eben eine laute Stimme und hat sich schnell aufgeregt. Überfunktion der Schilddrüse, das war rein körperlich. Dauernde Schreiereien? Na ja, wenn die Zeugen das beschwören wollen. Aber erst nach ungefähr einem halben Jahr!

Verstehen Sie, meine Wohnung war wirklich zu eng für zwei. Das war der einzige Grund für unseren Streit.

Gott sei Dank sind wir dann endlich im Baugebiet Erkelenz-Nord fündig geworden. Eine sehr hübsche Eigentumswohnung, mit allen Extras. Auch mit Lift, deswegen war Anne ja mit dem dritten Stock einverstanden. Sie war nämlich nicht mehr so flink auf den Beinen, ist ja mit 60 auch kein Wunder.

Wovon hätte sie denn was gespart haben sollen? Ihre Rente reichte doch grade für das Nötigste. Warum fragen Sie mich denn überhaupt, wenn Sie es sowieso schon wissen? Ja, die Anzahlung habe ich ihr vorgestreckt, aus purer Gutmütigkeit. Das müssen Sie mir glauben, Herr Kommissar! Ehrlich, das ist die reine Wahrheit!

Den Rest hätte sie ja abstottern können! Und weshalb ich alles allein bezahlt hab', als sie bei mir gewohnt hat, die Nebenkosten, die Lebensmittel und vieles andere auch? Sie war meine *Freundin*, ist das denn so schwer zu verstehen? Ich finde das überhaupt nicht sonderbar.

Warum sind Sie bloß so misstrauisch? Kommt das von Ihren schlechten Erfahrungen? Es gibt auch ehrliche Menschen, das sollten Sie nicht vergessen.

Wie kommen Sie denn auf *sowas*? Ich höre wohl nicht recht! *Erpressung?*

Da sind Sie aber auf dem falschen Dampfer! Ich möchte Sie ja nicht beleidigen, aber das ist wirklich eine ganz unsinnige Idee. Haben Sie den geringsten Beweis dafür? Womit, bitte schön, hätte sie *mich* denn wohl erpressen können?

Mein Leben ist wie ein offenes Buch; ich hab' nichts zu

verbergen, gar nichts! Da können Sie jeden fragen, der mich kennt, jeden!

Ach ja, der Tod meines Mannes ist Ihnen also schon damals nicht ganz koscher vorgekommen. Passte alles zu gut, meinen Sie. Ich kann nachweisen, dass ich überhaupt nicht zu Hause war, dafür gibt es mindestens 50 Zeugen! Er hat sich selbst umgebracht mit seinem Saufen, *ich* ganz bestimmt nicht!

Ich hätte die ganze Sache arrangiert? Er musste einfach in die Falle tappen, der arme Kerl? *Armer Kerl!* Und was war *ich*? Er war ein Ungeheuer, verstehen Sie! Jedenfalls in der letzten Zeit. Kannte nur sich, sonst niemand. Hat auf mir rumgetrampelt wie auf einer Fußmatte, lässt sich nicht anders ausdrücken. Alle haben dasselbe gesagt, die Nachbarn, die Kollegen und meine Freundin Alexa auch. Er war für jeden eine Last, auch für sich selbst. Es war einfach nicht mehr zum Aushalten! Er wäre nie mehr losgekommen von dem Zeug, nie mehr, das wusste ich ganz genau. Und wenn ich ehrlich sein soll: Ich würde es wieder tun. Es gab keine andere Möglichkeit, für uns beide.

Sie sagen, wenn ich schon damals zugegeben hätte, dass alles eine abgekartete Sache war, dann hätte es ziemlich sicher eine geringe Strafe gegeben, wegen meiner verzweifelten Lage? Sowas würde doch berücksichtigt. Mein Gott, wenn ich das gewusst hätte! Dann hätte ich ja gar nicht … Aber von solchen juristischen Sachen verstehe ich überhaupt nichts. Nun muss ich eben dafür büßen, was ich getan habe. Nein, danke, einen Rechtsanwalt brauche ich nicht. Eigentlich bin ich richtig froh, dass endlich alles herausgekommen ist.

Können wir jetzt nicht mal eine Pause machen?

Wenn Sie mich so fragen, Herr Kommissar: Die Anne war ein durchtriebenes Biest und höllisch schlau. Hatte wohl sofort gerochen, was da gelaufen war bei Ingos Tod und wollte Kapital draus schlagen. Und ich Idiotin hab' geglaubt, dass sie mich wirklich gern hätte! Vollkommen vertraut hab' ich ihr!

Eines Abends, wir hatten was getrunken zur Feier des Tages, hat sie die ganze Geschichte aus mir rausgeholt. Herrgott, war ich blöd! Sie sah da nur eine prima Möglichkeit, sich bis zum Lebensende zu sanieren. Wollte mich auspressen wie eine Zitrone. Was sollte ich denn anders machen als zahlen? Meine *liebe Freundin* hatte mich doch in der Hand. Sie können sich kaum vorstellen, wie die mich unter Druck gesetzt hat. Jeden Tag neue Wünsche, und wenn ich nicht gleich gespurt habe, dann hat sie mir gedroht, immerzu gedroht … Ich konnte vor Angst gar nicht mehr schlafen. Wie oft habe ich sie gebeten, doch ein bisschen Mitleid mit mir zu haben. Da hat sie nur gelacht und gesagt, ob *ich* denn Mitleid gehabt hätte damals mit Ingo. Regelrecht gequält hat sie mich, und ich hab' einfach nur gewünscht, dass das alles endlich mal aufhört.

Natürlich haben wir beide darauf gelauert, dass das Haus mit ihrer neuen Wohnung endlich fertig würde. Hat sich aber sehr lange hingezogen, war eben ein kalter Winter diesmal.

Ich bin der Anne am liebsten ganz aus dem Weg gegangen, habe gekegelt, mal eine Schulfreundin besucht oder beim Griechen gegessen, nur damit ich nicht sehen musste, wie die boshaft gegrinst hat, wenn sie mir zufällig in den Weg gelaufen ist. Musste dabei immer an den Garfield denken, Sie wissen schon, die hässliche, gemeine Katze, die manche sich ins Auto hängen. Manchmal bin ich erst sehr spät heimgekommen, da hat sie schon geschlafen, in meinem breiten Polsterbett natürlich, ich durfte auf dem Sofa … Schwamm drüber!

Ja, gut, ich höre jetzt mit unwichtigen Einzelheiten auf und erzähle lieber ganz genau, was vorgestern passiert ist. Selbstverständlich weiß ich, dass ich bei der Wahrheit bleiben muss. Das ist doch am leichtesten. Außerdem kriegen Sie ja doch sehr schnell raus, wie es wirklich gewesen ist.

Also, am Samstag sind wir zum Rohbau rausgefahren, wollten sehen, wie es vorwärtsgegangen war in der letzten Woche. Viel ist es nicht gewesen. Ich habe mir grade die Küche angesehen, war noch immer nicht verputzt, da hab' ich die Anne auf einmal entsetzlich schreien hören. Natürlich bin ich sofort rausgelaufen, weil ich doch wissen wollte, was los war. Hab' sie aber nicht finden können. Ich habe gesucht und gesucht, doch sie war einfach nicht mehr da. Bin durch alle Räume gelaufen, konnte nicht begreifen, wo sie geblieben war. Schließlich habe ich mal aus dem großen Fenster im Wohnzimmer gesehen – ging bis zum Boden, waren auch noch keine Scheiben drin … Da lag im Hof ganz, ganz tief unten so ein schwarzes Bündel. Ich war zuerst wie gelähmt vor Schreck, dann aber bin ich die vielen Treppen runtergerannt wie eine Verrückte, immer zwei Stufen auf einmal.

Oh Gott, war das schrecklich! Sie hat dagelegen, hat mich angesehen und furchtbar gestöhnt. Konnte doch gar nichts tun, um ihr zu helfen. Bewegen schon mal gar nicht, darf man ja nicht, weil das ganz falsch sein könnte. Hab' nur den Rettungswagen gerufen, mit dem Handy. In der Nacht ist sie dann gestorben.

Nein, nein, an mehr kann ich mich echt nicht erinnern, beim besten Willen nicht. Das ist *wirklich* alles! Warum hören Sie nicht endlich auf mit dieser Ausfragerei? Das ist ja die reinste Folter! Dürfen Sie das überhaupt?

Nein, zum letzten Mal: Ich habe nichts verschwiegen, nichts!

Woher soll ich was über die Beschädigungen am Fenstersockel wissen? Werden wohl die Bauarbeiter gewesen sein, sind bei dieser Firma besonders schlampig, haben das Fenster ja auch nicht mit Latten gesichert, wie das üblich ist. Und die verkratzten Schuhe von der Anne und die Hautabschürfungen an ihren Händen? Wäre doch möglich, dass sie versucht hat, sich im letzten Augenblick irgendwo festzuhalten, ist doch eigentlich logisch, oder? Das freut mich aber, dass wir endlich mal einer Meinung sind.

Sie sagen, wenn Sie an meiner Stelle gewesen wären, dann hätten Sie vielleicht die günstige Gelegenheit genutzt, um diesen schlimmen Plagegeist loszuwerden, vielleicht so ganz spontan. Dafür könnte man doch Verständnis aufbringen. Ich hätte eben nicht mehr aus noch ein gewusst, hätte schwer unter Druck gestanden.

Sie kommen mir jetzt vor wie der Kommissar im Fernsehen, der immer so redet, als wenn er den Täter vollkommen verstehen und sowieso schon alles durchschauen würde. In Wirklichkeit will er ihn aber nur in eine Falle locken. Das hab' ich schon begriffen. Aber Sie sind kein Kommissar im Fernsehen, und hier gibt es überhaupt kein Verbrechen.

Diesen Gedanken sollten Sie mal schleunigst aufgeben. Ich bin doch keine Mörderin! So was würde ich nicht mal meinem ärgsten Feind antun!

Bitte, ich möchte jetzt endlich nach Hause. Ich bin so müde! Wie oft muss ich das denn noch sagen, dass ich nichts Wichtiges ausgelassen habe!

Sie merken überhaupt nicht, dass Sie nichts mehr aus mir rauskriegen können. Hören Sie denn nie auf, wenn Sie verloren haben? Warum behaupten Sie noch immer, es wäre doch wirklich sehr einfach gewesen, und ein einziger Stoß mit der flachen Hand hätte genügt, besonders, wo meine Freundin so klein und zart war?

Klein und zart! Da irren Sie sich diesmal aber ganz gewaltig, Herr Kommissar. Die Anne, die sah nur so aus. In Wirklichkeit war sie nämlich zäh wie eine Katze und hat sich mit aller Kraft festgehalten, als ich sie …

Jetzt sage ich kein einziges Wort mehr ohne meinen Anwalt!«